Dominando Susan 3
Un Nuovo Maestro
Dominando Susan 3 Vol. 1
Erika Sanders

ERIKA SANDERS

Dominando Susan 3
Un Nuovo Maestro
(Dominazione Erotica)
Di
Erika Sanders
Serie
Dominando Susan 3 Vol. 1

ERIKA SANDERS

Sinossi

Susan raccoglie i cocci della sua vita e affronta il futuro con l'aiuto dei suoi amici...

Un Nuovo Maestro (Dominazione Erotica) è un romanzo con un forte contenuto erotico BDSM e, a sua volta, un nuovo romanzo appartenente alla collezione Erotic Domination, una serie di romanzi con un alto contenuto BDSM romantico ed erotico.

È anche la prima parte della serie, **Dominando Susan 3**, dove vengono raccontate le avventure di Susan, alter ego della scrittrice, nella sua sfaccettatura di sottomissione.

Nota sull'autrice:

Erika Sanders è una scrittrice di fama internazionale, tradotta in più di venti lingue, che firma i suoi scritti più erotici, lontani dalla sua solita prosa, con il suo cognome da nubile.

Indice:

DOMINANDO SUSAN 3
UN NUOVO MAESTRO
(DOMINAZIONE EROTICA)
ERIKA SANDERS

Susan giaceva come una stella marina mentre il corpo ansante sopra di lei grugniva ad ogni spinta. Ancora un altro tentativo fallito di trovare un po' di piacere nel suo mondo vuoto, "Accidenti a te, Robert!" Urlò nella sua mente mentre l'uomo finalmente gemette e rotolò via da lei. Lei girò la testa per guardarlo. Aveva pensato che questa volta sarebbe stato diverso; questa volta aveva scelto con attenzione di flirtare con un uomo più anziano, ragionando che se non altro sarebbe stato vissuto come un amante e capace di portarla almeno a metà strada verso le vette climatiche in cui aveva vissuto per così poco tempo. Tutto ciò che sentiva ora era repulsione per lo sperma che le colava lungo la coscia, e ancora una volta si chiese cosa diavolo stesse facendo. Si alzò e si vestì velocemente.

"Ehi tesoro, dove stai andando? Era solo un riscaldamento," disse quello stronzo, e lei si voltò verso di lui con un sorriso innocente.

"Non credo che potrei sopportare che il mio mondo venga sconvolto allo stesso modo una seconda volta. Mi dispiace, devo andare ," fece le fusa e afferrò la borsa lasciando la stanza prima che lui potesse dire altro.

Prese il telefono e mandò un messaggio: "Che errore è stato, prendere un caffè al Night Owl". Venti minuti dopo Susan era seduta a un tavolino vicino al bancone quando Cassandra, vestita in modo impeccabile , entrò e sorrise prendendo posto di fronte a lei.

"Come fai ad essere sempre così sorprendente?" Susan sorrise in cambio. "Sono le tre del mattino, per l'amor del cielo, e guardati." Fece un gesto su e giù.

Cassandra rise con autoironia: "Allora non è andata bene?"

"No," gemette Susan mettendosi la testa tra le mani. "Robert mi ha rovinato per chiunque altro."

"Ora tesoro, sai che non è vero. Non stai cercando nei posti giusti, e lo sai. Ti stai nascondendo dai tuoi amici ormai da quasi sei mesi, in un modo o nell'altro. È ora di tornare indietro, non credi?" Cassandra allungò la mano sul tavolo e le tenne la mano. "Il mondo della vaniglia non è per quelli come te e me.. "

"Non riesco proprio ad affrontarli tutti senza Robert. Tutta la loro pietà e gentilezza, blah" fece una smorfia.

" Certo che puoi! Sei più forte di quanto chiunque ti abbia mai riconosciuto per aver incluso te stesso. Nessun debole e piccolo pipsqueak avrebbe potuto così estasiare Robert... e gli altri dal suono di ciò. Parliamo realisticamente di quello che stai guardando perché in queste situazioni di una notte invariabilmente ti penti."

Cassandra era stata la sua compagna e la babysitter non ufficiale nell'ultimo mese quando aveva accettato l'offerta di Andrew di usare la sua capanna sulla spiaggia. La baracca, come la chiamava lui, era più nello stile di una casa al mare di alta classe , e Cassandra era rimasta per la maggior parte del tempo una compagna silenziosa, accennando solo di tanto in tanto al suo dispiacere per il comportamento di Susan. Susan era un po' sorpresa che Cassandra avesse approfittato di questo momento per parlare non solo del suo ritorno in città, ma dello stile di vita che Robert aveva condiviso con lei.

"Oh, non guardarmi come quella signorina," scattò Cassandra. "Sai bene quanto me che non troverai mai ciò di cui hai bisogno per nasconderti qui. È ora di ammettere alcune verità almeno a te stesso, se non a me. Robert può avergli dato un nome, ma tu eri sottomesso e ti piacevano le idee di dominio prima che diventassi suo, vero?"

Susan annuì ricordando i suoi tentativi falliti di ravvivare il sesso con il suo ragazzo, Harry, prima che Robert la reclamasse per sé. Ricordava i modi esigenti e l'arroganza di Harry e il modo in cui soddisfaceva i suoi capricci. Era una relazione terribile, ma lei non sapeva niente di meglio allora, lo sapeva adesso. Questo era ciò che Cassandra stava cercando di dirle, uomini come Harry e le avventure di una notte , non le avrebbero mai dato ciò di cui aveva bisogno. Desiderava il controllo e l'uso duro di un dominante come Robert. I suoi occhi si velarono e guardò di nuovo Cassandra: "Accidenti a lui, Cassandra! Cosa dovrei fare adesso?"

" Bene , ora sei una giovane donna molto ricca e con alcuni investimenti accorti potresti comprare qualche gatto e nasconderti per sempre, se vuoi. Spero però che ti renderai conto che la vita è per i vivi e ti unirai nuovamente al mondo che Robert ha creato. sei una parte di. Un mondo potrei aggiungere che manchi moltissimo e aspetta di darti il benvenuto a casa," disse Cassandra con voce dolce e comprensiva. "Robert era il tuo mondo, come avrebbe dovuto essere, ma ora dovrebbe essere solo il primo dei cento diversi gusti di fantasie che proverai. Credimi, provare qualche altro sapore non renderà l'amore che provavi per lui. " meno, diventerà semplicemente più un ricordo come dovrebbe essere."

"La vita è fatta per essere vissuta, eh?" Susan fece una mezza risata triste.

"Non mi vedi nascondermi dopo la perdita di mio marito e Maestro di quarant'anni, vero?" Cassandra insistette.

"Continua..." sussurrò Susan con voce stupita.

"Certo, caro, sono vecchio, non morto!" Lei rise di tutto cuore.

Continuarono a parlare finché il sole non raggiunse la cresta dell'orizzonte acquatico della costa orientale prima di dirigersi verso casa e i loro letti. Il sonno tardivo che Susan aveva programmato fu disturbato da un tonfo e poi dal cigolio della sua stessa porta mentre Cassandra la svegliava completamente per spiegare che avevano visite e invece di spiegare la tarda notte aveva detto che Susan stava leggendo.

"Alzati e vestiti velocemente, abbiamo ospiti" sorrise Cassandra.

Rendendosi conto che probabilmente si trattava di Andrew, Gregory o Barry per il controllo settimanale, Susan si alzò, indossò un abito corto e aderente di cotone e si lavò la faccia prima di sistemarsi i capelli in una parvenza disordinata di coda di cavallo. Si affrettò ad uscire rallentando per camminare appena prima del soggiorno. Prima che potesse capire chi fossero gli ospiti, fu travolta in un abbraccio che la fece sdraiare sulla schiena sul pavimento con una ridente Cinthia che le strofinava il collo.

"Cinzia!" Susan strillò in preda allo shock, "Come? Quando? Wow!"

"Whoa, Cinthia, non ferire la ragazza con il tuo saluto," Barry si fermò improvvisamente sopra di loro aiutandoli ad alzarsi. "Si è strussa per te da quando sei andato via di nuovo. Tutto quello che ho potuto fare è stato quello di impedirle di mordere Andrew e Gregory finché non hanno accettato di lasciarci una sorpresa questo fine settimana."

Susan guardò oltre Barry mentre parlava, vedendo Gregory in bilico sullo sfondo a guardare l'esuberante saluto.

"Che meraviglia vedervi, padron Barry e Sir Gregory, grazie mille per aver portato Cinthia a trovarmi, mi è mancata moltissimo," disse Susan in modo un po' formale, ricadendo nello schema di indirizzo che Robert le aveva instillato quando salutava gli altri dominanti.

"Non c'è bisogno di fare cerimonie qui, piccola puledra," Barry prese Susan in un enorme abbraccio facendola strillare di piacere.

"Bene, Cassandra mi dice che è ora di tornare nella terra dei vivi, quindi dovrei davvero rispolverare un po' le mie abilità," Susan sorrise e rivolse a Cassandra un sorriso sbilenco.

"È un'ottima notizia," disse Cinthia piano con la sua voce profonda e gutturale.

" In effetti lo è," Gregory sorrise e la strappò dall'abbraccio di Barry, abbracciandola e mettendola delicatamente in piedi, "Sembri stanca, Susan, hai ancora problemi a dormire?" C'era preoccupazione nella sua voce.

"No, è solo che sono rimasta alzata troppo tardi ieri sera. Non so come Cassandra sia sempre così fresca e bella dopo aver fatto tardi la notte," Susan spostò astutamente i riflettori e li puntò sulla donna più anziana, sentendosi come se avrebbe dovuto impiegare più tempo per vestirsi e prepararsi per accogliere questi ospiti.

"L'adulazione ti porterà ovunque," sorrise Cassandra mentre gli uomini mormoravano il loro assenso. "Vai sul ponte e porterò qualcosa da bere", continuò e si affrettò verso la cucina.

"Ti aiuterò", si offrì Gregory e non si lasciò scoraggiare mentre Cassandra tentava di scacciarlo. Una volta in cucina, lei chiese: "Come hai fatto a convincerla a pensare di tornare a casa?"

"Pazienza caro ragazzo, prima aveva alcune cose da sistemare, ma credo che sia pronta per rientrare nel mondo da cui è fuggita." Versò il caffè e prese il succo dal frigorifero.

"È una buona notizia; ci è mancata", disse Gregory raccogliendo il vassoio che Cassandra aveva preparato.

" Così sembra. Tu e Robert eravate amici , vero?" Cassandra chiese in tono colloquiale la sua curiosità intuendo che c'era qualcosa di più che Gregory non stava dicendo.

"Era il mio mentore e uno dei miei amici più cari", annuì Gregory. "Voglio solo sapere che viene curata adeguatamente."

"Per un bastardo così arrogante, Robert certamente ispirava lealtà tra i suoi amici," ridacchiò Cassandra e Gregory scoppiò in un sorriso.

"Sei ancora un monello in fondo, vero? Hai ragione, anche se a volte poteva essere un bastardo arrogante; faceva parte del suo fascino." Lui sorrise: "Se stavi cercando un rimprovero altrove, non sarò io a darti la sculacciata che meriti, però," la rimproverò Gregory.

"Oh cacca," mise il broncio finto, "Non posso incolpare una vecchia ragazza per averci provato." Gregory rise e tornò sul ponte con lei.

Gregory poteva sentire Susan parlare mentre si avvicinavano: "... Non ne sono sicuro. Voglio dire, è un gesto meraviglioso, ma semplicemente non lo so e immagino che, dato che Andrew è il mio tutore, dovrei chiederglielo. Oh Cavolo, questo mi fa sembrare una bambina o una mantenuta," Susan rise delle sue stesse parole.

Cinthia ridacchiò, il suo divertimento evidente mentre Gregory e Cassandra si sedevano con il piccolo gruppo. Gregory alzò un sopracciglio: "Di cosa non sei così sicuro?"

"Prima... beh, sai," la voce di Susan vacillò leggermente prima di schiarirsi artificialmente, "Robert aveva organizzato per me un programma di allenamento con alcuni dei suoi amici. Voleva che sperimentassi alcune delle diverse sfaccettature del suo stile di vita. Mi ha detto ognuno di loro aveva qualità inerenti alla loro formazione di cui potevo trarre beneficio." Gregory e Cassandra la guardarono entrambi annuendo in accordo con la sua affermazione.

"Il maestro Barry si è appena offerto di mantenere l'accordo fatto con Robert e mi ha invitato al ranch per un addestramento intensivo con Cinthia," spiegò ulteriormente Susan.

"È qualcosa per cui ti senti pronto?" Ancora una volta la preoccupazione toccò la voce di Gregory costringendo Cassandra a guardarlo e studiarlo ancora una volta.

"Non lo so. Come ho detto, non ne sono sicura, e sento che dovrei parlarne con il signorino Andrew, o con Alan..." si morse il labbro pensierosa, "voglio dire con il signorino Alan, Non ci sono ancora del tutto abituato; Robert ha condiviso la mia tutela con loro." Susan ha spiegato inutilmente.

"A quanto ho capito, uno è per gli affari, l'altro per il piacere", rise Cassandra. "Entrambi maestri molto belli , molte ragazze ucciderebbero per essere nei tuoi panni." Lei prese in giro Susan e sorrise.

"Perché voi due ragazze non andate a fare una passeggiata sulla spiaggia e vi riprendete? Era proprio questo lo scopo di venire qui. Questo e salvare Gregory da altri segni di morsi," Barry tuonò una risata. Senza che nessuno glielo chiedesse due volte, Cinthia afferrò la mano di Susan e cominciò a scendere le scale del ponte e a dirigersi verso la spiaggia.

"Nessuno ti incolpa per aver avuto bisogno di un po' di tempo. Per come è successo, è stato semplicemente orribile," Cinthia non voleva riportare alla luce il ricordo e si fermò dal dire altro mettendo un braccio intorno alle spalle di Susan. "Manchi a tutti ma ti capiamo, lo sai."

Susan annuì con gratitudine, ansiosa di cambiare argomento e chiese: "Quindi qualche pettegolezzo succoso in giro?"

"Sei tu, temo. Sei scappato con un principe del Medio Oriente, l'ultima volta che ho sentito," disse Cinthia con un'espressione perfettamente seria e Susan scoppiò a ridere.

"Seriamente, però, considera la formazione offerta dal Master. Ci piacerebbe molto averti con noi. E se scopri che le nostre cose non fanno per te, allora sono sicuro che gli altri Master onorerebbero l'accordo che hanno fatto con Robert se tu fossi interessato, "Cinthia la incoraggiò. "Puoi sempre fermarti se ne hai bisogno, ma sarebbe un buon modo per incontrare altre persone con il tuo stile di vita senza entrare nel mercato della carne, per così dire. Avresti la protezione di Andrew e Alan, quindi in effetti saresti obbligato solo al Master trainer a cui ti sei rivolto per il periodo di tempo concordato e potresti formulare l'accordo per assicurarti che ci fosse una clausola di rinuncia."

"Pensi che gli amici di Robert farebbero una cosa del genere per me? Mi conoscevano a malapena," Susan stava effettivamente considerando l'idea se, come aveva detto Cinthia, avesse potuto rinunciare in qualsiasi momento in cui non si sentisse sicura o soddisfatta della situazione. Meglio ancora, le avrebbe dato la possibilità di provare un po' del piacere sconvolgente che aveva provato con Robert, forse. Molte più possibilità di quante ne avesse qui nel mondo vanigliato.

"Penso che rimarrai sorpreso da quanta desiderabilità ti dà essere l'unica ragazza a indossare il collare di Robert," sorrise Cinthia, "per non parlare del fatto che sei un bel pezzo di carne da schiavo. Se dovessi metterti all'asta, le offerte sarebbero veloci e furiose."

"Smettila di prenderti in giro," rise Susan.

"Okay, lo dimostrerò," Cinthia assunse un tono superiore, "Quando sarai pronta, chiedi al Maestro di convocare una riunione delle parti interessate del club a cui hai diritto di partecipare e vedrai quanto velocemente saranno d'accordo."

"Non pensi che dovrei prima parlargli con Andrew e Alan?" Susan era inorridita all'idea di rivolgersi da sola alle parti interessate.

"Andrew potrebbe provare a dissuaderti. È diventato come un muro tra te e i tuoi amici nello stile di vita. Non hai idea di quante volte ho dovuto mordere sia lui che Gregory per scoprire dove ti nascondevi, "arrossì nonostante il suo sorriso. "Se decidi di farlo, il Maestro parlerà per te, anche se mi aspetto che Gregory lo dirà comunque ad Andrew. È venuto a farci da babysitter e ad assicurarsi che non ti turbassimo in alcun modo."

Susan ci rifletteva sopra mentre camminavano lungo la spiaggia in silenzio. Cinthia di solito era una donna silenziosa, Susan pensò che questo fosse il massimo che avesse mai sentito dire dall'altra ragazza. Susan, sorridendo, si fermò e guardò Cinthia: "Hai esaurito la tua quota giornaliera di parole cercando di convincermi?"

"Più o meno, promettimi di pensarci, adorerai il ranch e voglio vederti più spesso," l'abbracciò Cinthia e tornarono verso casa. "Il Maestro ci sta fischiando di tornare ormai da qualche minuto, è meglio che torniamo indietro." Susan non sentiva nulla, ma l'udito di Cinthia era leggendario. Tornarono indietro in un confortevole silenzio.

Susan sapeva di dover parlare con Andrew e Alan dell'idea di riprendere il programma di allenamento che Robert aveva messo in atto per lei, o almeno di modificarlo leggermente. Ricopriva una posizione nell'azienda e l'aveva abbandonata nel dolore. Aveva bisogno di sapere che sarebbe potuta tornare in azienda se avesse avuto ancora più tempo lontano dal suo lavoro per allenarsi con i vari Maestri e le loro ragazze che avevano accettato di onorare l'accordo fatto con Robert.

L'idea però aveva preso piede nei suoi pensieri, e ammise a se stessa che le sembrava molto meglio e più sicuro di quello che stava facendo al momento, nascondendosi qui in questa piccola città fronte mare in una casa isolata, raccogliendo avventure di una notte nello sforzo. sentire qualcosa di diverso dal vasto vuoto che minacciava di inghiottirla ogni volta che pensava a quell'orribile giorno in Italia.

Le parole di Cassandra della sera prima riecheggiavano nel suo cervello: "Non stai cercando nei posti giusti... ti sei nascosta... è ora di tornare indietro... il mondo vanigliato non è per quelli come te e Me.. "

Quando raggiunsero la casa, Susan aveva preso la sua decisione e dopo sei mesi di inattività si sentiva piena di energia e con un nuovo senso di scopo. Addestrarsi e diventare lo schiavo che Robert desiderava potrebbe essere la cosa che potrebbe salvarla dal dolore e dagli incubi che ancora soffriva. Cassandra aveva ragione; era giunto il momento di rientrare nel mondo reale e fare la scelta di continuare a vivere la vita che stava appena iniziando a esplorare con l'uomo che aveva amato. Lo aveva desiderato per lei prima che lei lo perdesse, lo avrebbe voluto ancora per lei; ragionava contro il senso di colpa che provava all'inizio di voltare pagina. "Robert lo vorrebbe", si disse con fermezza.

Quando tornarono sul ponte Cassandra aveva il pranzo pronto e gli uomini stavano già mangiando dopo averli aspettati per un po'. Mettendo un piccolo piatto di cibo davanti a Susan prima che lei dicesse ancora una volta che non aveva fame, Cassandra prese un piatto per sé e si sedette.

Susan mangiò tranquillamente e senza pensare, la sua mente ancora discuteva con se stessa dopo aver preso la decisione, liberarsi del senso di colpa che derivava dal suo dolore era un processo difficile, e si chiedeva come avrebbero reagito Andrew e Alan quando glielo avesse detto. Senza rendersene conto, si sedette e si morse il labbro per un po', e Gregory le fece una domanda due volte prima di toccarle il braccio strappandola dai pensieri che la tenevano occupata.

"Continua a non mangiare, vedo," disse, "Non c'è da stupirsi che tu abbia difficoltà a prestare attenzione alle domande a tavola."

"Mi dispiace tanto, Sir Gregory," mormorò Susan e si spinse un boccone di cibo oltre le labbra.

"Come dovresti essere," sorrise, "tu e Cinthia siete state via per un po', tutte prese?"

principe mediorientale e non lo sapevo!" disse seriamente, e Cinthia ridacchiò divertita.

Cassandra farfugliò e alzò lo sguardo: "Io sono cosa?"

"Secondo gli ultimi pettegolezzi sono scappata con un principe del Medio Oriente. È un peccato tornare indietro e dimostrare che quella voce è falsa. Sembra così eccitante," sorrise infine Susan.

" Quindi torni in città?" Gregory chiese: "Oppure tornerai dai tuoi genitori?"

"Mi piacerebbe moltissimo parlare con il Maestro Andrew e il Maestro Alan dell'idea che il Maestro Barry ha avuto... di continuare l'addestramento che Robert voleva per me," disse timidamente. Anche se aveva preso la decisione, non era ancora del tutto sicura di come affrontare la questione. "Probabilmente dovrei andare prima a casa e vedere la mia famiglia; so che erano preoccupati," si mordicchiò il labbro pensierosa.

"Sembra che la tua visita sia arrivata proprio al momento giusto", disse Dorothy a Barry. "Stavamo proprio dicendo stamattina che era ora di ricongiungersi alla terra dei vivi. Non è vero, Susan?"

"Lo eravamo, è vero," sorrise Susan.

"Cogliamo l'attimo allora, Cinthia ti aiuterà a fare le valigie dopo pranzo e Gregory potrà accompagnarti a casa dei tuoi genitori e potrai passare la notte con loro così potranno vederti meglio che mai, anche se troppo magra," Susan aprì la bocca e fece rumore un paio di volte ma Cassandra annullò i suoi tentativi di interrompere con l'efficiente organizzazione della sua vita, "Puoi farlo, vero Gregory , hai portato la tua macchina, vero?"

Gregory si appoggiò allo schienale della sedia osservando la donna che godeva del rispetto sia del sottomesso che del dominante prima di annuire silenziosamente. La sua mente lavorava sulla logistica dei manager in formazione che tenevano il fortino nel club e decise di chiamare Barry per assicurarsi che sarebbe stato lì.

"Susan, chiama tua madre, sono certa che ne sarà felicissima. Cinthia e io puliremo la cucina e inizieremo a preparare i bagagli. Voi uomini," si voltò a considerarli, "credo che ci sia una specie di partita di calcio su quella TV complicata lì dentro, oppure vai a fare una nuotata, ma non metterti sotto i piedi."

Travolta dal vortice che rappresentava Cassandra in missione, Susan si ritrovò pronta a partire nel giro di due ore. Si stagliò accanto alle macchine salutando Barry e Cinthia: "Mi dispiace che non abbiamo potuto passare del tempo insieme, oggi."

"Siamo venuti solo per assicurarci che tu fossi al sicuro e felice," disse Cinthia abbracciandola dolcemente.

"Sono venuto per impedirle di mordere qualcun altro, si sta facendo una pessima reputazione," tuonò Barry dando una pacca sul sedere a Cinthia. "Spero che questa piccola visita la tranquillizzerà finché non verrai a trovarci al ranch." La sollevò in uno dei suoi abbracci da orso e la strinse finché non squittì forte. "Adoro quel suono che fai quando ti stringo quanto basta." La mise giù e Cinthia le accarezzò la guancia in segno di addio.

Barry suonò il clacson e attese finché non apparvero Cassandra e Gregory prima di partire per il viaggio di ritorno al loro ranch.

"Resterò ancora qualche giorno; adoro questo posto e ho bisogno di ricaricare le mie vecchie batterie con un po' di tranquilla contemplazione," abbracciò Susan, "Sarai in buone mani con Gregory. Lascia che tua madre ti nutra per un giorno o due prima di andare in città, tutto ciò a cui stai pensando ti aspetterà."

Gregory aprì la portiera della macchina per Susan e Cassandra la lasciò andare, "Prenditi cura di lei Gregory, è preziosa."

"Lo so," sorrise e salì al posto del conducente. "Allacciati le cinture, Susan." Attese finché non ebbe allacciato la cintura prima di avviare il motore e partire, lasciando Cassandra a godersi la sua solitudine.

"Sembravi stanco, cerca di dormire un po' prima di arrivare dai tuoi genitori. Non voglio che tu finisca nei guai perché non ti prendi cura di te stesso. Cassandra ha ragione, sei troppo magra in questo momento."

"Grazie," disse piano, "mi dispiace che Cassandra ti abbia costretta a portarmi a casa, sono sicura che hai di meglio da fare che portarmi in giro."

"È davvero bello avere la tua compagnia," sorrise Gregory.

"Vediamo se ti senti così dopo che avrò cominciato a russare," Susan reclina leggermente la sedia.

"Riposati, piccolo," ridacchiò Gregory, "alzerò il volume dello stereo per attutire il tuo russare se diventa troppo forte."

*****

Caty si agitò intorno all'auto prima ancora che si fermasse del tutto. Susan era grata che Gregory l'avesse svegliata venti minuti prima del suo arrivo e grazie alla preparazione di Cassandra aveva tutto ciò di cui aveva bisogno per apparire e sentirsi riposata in una piccola borsa ai suoi piedi in macchina.

"Tesoro, sei qui!" Caty esclamò come se fosse una sorpresa e fece cenno a Paul: "Guarda chi c'è. Guarda chi c'è!"

"Ehi, ecco Susy," disse Paul mentre scendeva dall'auto. "Grazie per averla portata giù , Gregory. Posso tentarti di restare a cena?"

"Come potrei rinunciare all'occasione di assaggiare la leggendaria cucina di tua moglie? Sai che Alan si vanta costantemente di fornirgli i migliori amaretti del paese." Gregory sorrise e accettò gentilmente l'offerta. Durante la loro breve conversazione telefonica, Andrew aveva esortato Gregory a restare con Susan, spiegando per esperienza personale quanto sia facile ricadere nel dolore e nella malinconia anche quando tutto sembra andare molto meglio. Gregory non pensava che sarebbe stato il caso di Susan, ma non aveva discusso la questione piuttosto aveva accettato di restare finché i suoi genitori glielo avessero permesso.

Raggiunse il sedile posteriore dell'auto e tirò fuori una bottiglia di vino rosso e un mazzetto di fiori. "I nostri amici mi avevano avvertito di aspettarmi la vostra generosa ospitalità", disse amabilmente.

"Se stiamo per aprire, potresti dover restare per la notte," Paul guardò la bottiglia con approvazione. "Caty lascia Susan in pace per un minuto e vieni a salutare la nostra nuova amica. Il letto nella stanza degli ospiti è rifatto , vero?"

" Ma certo, che razza di casa pensi che io corra qui?" Caty si mosse per abbracciare Gregory e baciargli la guancia come se fossero già vecchi amici.

"Sei altrettanto bella, e Alan mi ha detto, ora se la tua cucina è buona la metà potrei semplicemente portarti via da tuo marito," Gregory la lusingò e si godette il rossore suscitato dalle sue parole.

"Tutti vogliono rubare mia moglie," Paul alzò le mani, "Entriamo a saccheggiare il frigorifero Susy, tua madre è andata a fare la spesa non appena hai chiamato. Tutti i tuoi preferiti sono immagazzinati lì." Il suo braccio le circondò la spalla mentre entravano, e lui si avvicinò chiedendo: "Come stai davvero?"

"Mi sento bene papà, meglio di quanto mi sentissi da allora..." i suoi occhi si rannuvolarono, "Beh, lo sai." Lui le strinse la spalla e annuì.

"Non toccare il mio frigorifero Paul, sei a dieta, ricordi?" esclamò Caty correndo dietro di loro.

"Sta cercando di farmi morire di fame!" Paul si lamentò ad alta voce.

"Non preoccuparti, papà, ti porterò qualche dolcetto," Susan fece l'occhiolino e Caty sbuffò esasperata verso loro due.

Gregory ridacchiò guardando la scena. Aveva creduto che l'adorabile natura sottomessa di Susan provenisse da un'autorevole famiglia patriarcale, e sebbene ne avesse sentito parlare sia da Alan che da Robert all'indomani della festa di anniversario, quando Barry era stato incaricato di traslocare l'intero appartamento di lei in una sera , non era ancora stato preparato per la scena calda e amorevole a cui stava assistendo.

Gestire il club come braccio destro di Robert negli anni di assenza di Andrew gli aveva dato una buona comprensione, o almeno così pensava, di ciò che portava le donne ad abbracciare la loro sottomissione. Ragazze provenienti da famiglie distrutte, o da un passato violento, ragazze con complessi paterni che desideravano quel controllo autoritario ma ancora una volta Robert lo aveva sorpreso con la scelta di Susan. Non rientrava nel tipico profilo masochista che Robert aveva sempre favorito. Non le mancava la fiducia in se stessa, né Paul sembrava il rigido disciplinare che si era aspettato. Eppure sapeva che la piccola giovane donna davanti a lui era la schiava di uno dei suoi amici più cari.

Scosse la testa davanti alla giustapposizione dei diversi aspetti della vita di Susan e si chiese come si comportasse nel mondo professionale dell'azienda di Robert. Era una laureata in economia se ricordava bene, e cercò di immaginarla in tailleur e tacchi alti piuttosto che negli abiti succinti che indossava al club o nei semplici abiti estivi che indossava in quel momento.

Una volta sistemati nelle loro stanze, uscirono nel cortile e si sedettero all'ombra fresca degli alberi. Fu Susan a rompere finalmente il confortevole silenzio. "Mi dispiace di essere stata insopportabile negli ultimi mesi", si è rivolta ai suoi genitori.

"Stai zitto adesso," sua madre scacciò le scuse, "Avevi una buona ragione. Tutti noi amavamo Robert." Gli occhi di Caty cominciarono ad annebbiarsi.

"Ora, ora, amore mio," iniziò Paul ma Susan finì per lui.

"Non davanti a Susan," ridacchiò. "Va tutto bene, davvero. Sto bene. Cosa dicono? Non si può andare indietro, solo avanti, e ho messo la mia vita in sospeso per troppo tempo. Robert è morto; io no, e un amico saggio Recentemente mi ha detto che la vita è fatta per essere vivi. Lo amerò sempre, lo sai, e terrò il suo ricordo vicino al mio cuore, ma è ora di abbracciare di nuovo il mondo." Susan guardò la preoccupazione sui volti dei suoi genitori e capì che non erano convinti. Ha chiesto aiuto a Gregory.

"Io per primo sarei semplicemente felice se tu mangiassi di più, sei diventata troppo magra e fragile. Non sei affatto la piccola e dura Susan che conoscevo. Allora, cosa c'è nel menu per cena, Caty, non vedevo l'ora che arrivasse questo tutto il viaggio fin qui," Gregory cambiò con tatto argomento.

"Solo un po' di pasta, temo, niente di speciale," ma lei si illuminò d'orgoglio per il complimento alla sua cucina.

"Si sta dando da fare per la pasta al'ama," disse Paul in un sussurro da palcoscenico a Susan, che sorrise ampiamente.

" Oh tesoro, lo adoro!" Susan entusiasta. "Sta preparando l'anatra. È una delle mie preferite!" Ha tradotto per Gregory.

"Fantastico, non vedo l'ora!" Gregory è entusiasta: "Andrà benissimo con il rosso che ho portato con noi".

"Quanto tempo rimani Susy? Tua madre ha comprato cibo sufficiente per sfamarti per sei mesi, tutto il tuo preferito!" Paolo ridacchiò.

"Ora che ho preso la decisione di unirmi nuovamente alla terra dei vivi , vorrei ritornarci," disse a bassa voce, non volendo deludere i suoi genitori con un soggiorno così breve. "E mi chiedevo se potevo chiederti un consiglio professionale su qualcosa, magari domattina?" Lasciò che i suoi occhi guizzassero verso sua madre che era appollaiata sul bordo del suo sedile, ma era rimasta in silenzio a causa della mano che Paul le aveva messo sulla spalla per calmare le sue lamentele.

"Non c'è momento migliore di questo," Paul sorrise, "Vieni nel mio studio e mi metterò quella divertente parrucca bianca di cui ami ridere."

Susan si morse il labbro ma quando suo padre si alzò e le tese la mano lei lo seguì. Gregory dovette ammettere di essere rimasto impressionato da quell'uomo. Il suo sottile dominio su moglie e figlia si manifestava nel modo in cui parlava con calma in un tono che non ammetteva discussioni e nei gesti fisici che scambiava con sua moglie per calmare il suo scoppio emotivo per l'apparente entusiasmo di Susan di tornare in città.

Se non avesse scrutato la vita familiare di Susan, avrebbe potuto vedere solo il calore amorevole con cui faceva queste cose, ma Gregory non aveva dubbi che quell'uomo fosse il re del suo castello. Si voltò per fare una chiacchierata con Caty chiedendo ricette e cose del genere per un suo amico Barry, che era uno chef sempre alla ricerca di cambiare il suo menu e sperimentare con il cibo.

Nello studio di suo padre Susan si sentiva di nuovo un'adolescente errante. Quella era stata la stanza in cui non litigava mai con suo padre. Ammetteva i suoi misfatti e accettava qualunque punizione lui le avesse disposto. Sembrava strano essere qui a chiedere il suo consiglio, ma in qualche modo appropriato. Questa stanza le ricordava la sua intelligenza e il suo senso degli affari. Come aveva lasciato una partnership in una grande azienda aziendale e si era messo in proprio per avviare uno studio privato non molto tempo dopo la sua nascita, offrendole la vita di cui godeva in questa idilliaca cittadina di campagna mentre cresceva.

"Siediti Susan," rise, "Non sei una bambina qui per un rimprovero."

Per qualche motivo era improvvisamente nervosa, tutto aveva avuto molto senso nella sua testa mentre ci pensava nelle ultime settimane, ma ora che era qui in questa stanza era senza parole.

"Sono ricca," sbottò all'improvviso come punto di partenza, "Grazie a Robert, intendo."

"Chiamiamolo ricco in modo indipendente," Paul sorrise, "e sì, grazie a Robert sei straordinariamente ben fornito. Dove va a finire?" chiese astutamente.

"Non penso di poter lavorare presso l'azienda di Robert circondata dai nostri amici e dai ricordi. Sto bene," si affrettò a rassicurarlo, "Ma mi chiedevo quale sarebbe stata la logistica per l'acquisto di un piccolo franchising o di un'azienda tutta mia." . Voglio dire, ho abbastanza capitale? Ho una laurea in economia e tutto e so come funziona, ma ho imparato che la realtà delle piccole imprese spesso non è per niente come quella insegnata nei libri di testo." Emise un sospiro che non si era accorta di trattenere quando finalmente arrivò al punto.

"Dipenderà dal business. Avevi in mente qualcosa di particolare?" Paul stava contemplando la giovane donna seduta dall'altra parte della scrivania, cercando di guardare la situazione dal punto di vista di un avvocato piuttosto che da quello di un padre.

"Pensavo più al lato della vendita al dettaglio, a un negozio specializzato piuttosto che alla produzione", ha detto speranzosa, "Forse qualcosa di divertente come abiti firmati a prezzi ragionevoli o bigiotteria o una combinazione dei due".

"Direi che con il reddito che hai ricevuto trimestralmente dai dividendi delle azioni che detieni nella società di Robert potresti permetterti di aprire la tua casa di moda o una gioielleria", ha detto Paul.

"Stavo pensando che quando tornerò avrei parlato con Alan della possibilità di visitare prima alcuni produttori e attività di vendita al dettaglio per vedere come funzionano. Assicurati che sia la cosa giusta in cui investire", ha detto tranquillamente.

"È un modo intelligente di affrontare la questione", approvò Paul ed era orgoglioso dell'evidente maturità di sua figlia nei suoi processi mentali. All'inizio della conversazione si era preoccupato che lei stesse per chiedergli qualcosa di frivolo o pericoloso, lezioni di volo sul suo jet privato o qualcosa del genere.

"Significherebbe un bel po' di viaggio, e tu conosci la mamma," Susan non ebbe bisogno di finire la frase quando vide suo padre annuire e sembrare pensieroso.

"Potresti portarla con te in un viaggio o due," suggerì Paul.

"Forse, ma è qualcosa che mi piacerebbe fare da solo, qualcosa che riguarda solo me, sai? Sono passato da qui a lavorare per Robert, ho sempre avuto qualcuno che si prendeva cura di me." Guardò suo padre negli occhi e raddrizzò le spalle: "Voglio vedere cosa vuol dire fare delle grandi scelte nella mia vita, nel bene e nel male, e sapere che ho ancora una casa e un reddito se non funziona." Lei sorrise storto: "Il 75% delle prime imprese falliscono, ma mi piacerebbe davvero provarci. Non viaggerò da sola; il mio assistente verrà con me, ne sono sicura se la aggiornerò su tutto."

" Quindi in sostanza," Paul sorrise, "Si tratta più di me che mi occupo di tua madre che di consigli di lavoro." Susan arrossì profondamente e si morse il labbro. "Beh, come tuo padre sono orgoglioso che tu sia cresciuto fino a diventare una giovane donna intelligente e premurosa, e aiuterò tua madre quanto più posso, ma sappiamo entrambi come reagirà alle assenze prolungate soprattutto dopo quello che è successo a Italia." Susan fece una smorfia e annuì aprendo la bocca per parlare, ma lui alzò la mano per fermarla.

"Come vostro avvocato, tuttavia, vorrei mettervi in guardia dal prendere decisioni avventate e consigliarvi che tutti i rapporti d'affari di natura personale, al di fuori dell'azienda, dove i vostri interessi sono tenuti nelle mani sicure di Alan e Andrew, passino attraverso me. Questo non è negoziabile Susan , Paul la fissò con uno sguardo severo e disse: "Nessun uomo d'affari agirebbe senza il consiglio di un avvocato".

"Capisco," Susan sorrise.

"Bene, ora investirò i dividendi che guadagni in obbligazioni di investimento a breve termine , diciamo da sei a dodici mesi. Questo ti darà tutto il tempo per viaggiare ed esplorare tutte le tue opzioni," Paul era tutto professionale mentre attingeva il suo computer. "Dodici mesi sarebbero meglio per assicurarsi di avere un capitale ampio senza toccare l'importo maggiore già investito in investimenti a lungo termine."

"Grazie papà, e grazie per non avermi trattato come un uccello ferito in questo momento. Sto davvero bene. Vorrei solo che tutti gli altri smettessero di camminare sui gusci d'uovo intorno a me. È stato orribile, e sobbalzo ancora ai rumori forti, ma sto bene." e sono pronta a ricominciare a vivere", ha detto Susan con convinzione.

"Chi stai cercando di convincere, me o te stesso?" Paul rise e fece il giro della scrivania. "È meglio che andiamo fuori o tua madre sarà irritabile perché abbiamo rovinato il pasto. Mi fai un favore?" Paul guardò Susan annuire: "Mangia quanto puoi e bevi molto, sarà più facile convincerla se non continui a morire di fame".

Susan rise e acconsentì. Paul non avrebbe dovuto preoccuparsi che Susan avesse fame e il cibo, come al solito, era eccezionale. Si sentiva davvero bene riguardo alle decisioni che aveva preso nelle ultime ventiquattr'ore e dopo aver convinto suo padre del suo ritorno a uno stato d'animo razionale doveva solo superare l'ostacolo di convincere i suoi tutori e protettori, Andrew e Alan.

"Mi dispiace per tutti; penso di aver bisogno di andare a dormire presto," disse Susan e si alzò barcollando dal tavolo mentre sedevano chiacchierando amabilmente dopo il dessert che aveva costretto a mangiare per compiacere i suoi genitori. Si era rilassata e durante il pasto aveva lasciato riempire il bicchiere di vino più volte . Raramente beveva molto, e l'effetto la faceva sentire così deliziosamente calda e accogliente che i suoi occhi cominciavano ad abbassarsi.

"Ti svegli ancora con i sogni?" chiese Caty preoccupata.

"Meno spesso adesso," Susan sorrise e si diresse verso le scale.

"Penso che potresti aver bisogno di una mano," Gregory si spostò al suo fianco e le passò un braccio intorno alla vita. "Torno subito," disse da sopra la spalla mentre guidava Susan ubriaca su per le scale.

"Sai che sei molto bello," disse guardando l'uomo alto e massiccio che la sosteneva mentre raggiungevano la cima delle scale, "Vorrei che tu fossi stato qui quando stavo raccogliendo le avventure di una notte . Non te ne saresti andato." mi sento sballato e secco , ne sono sicuro. Adesso la vaniglia ha un sapore davvero schifoso e una volta la adoravo. È divertente, non credi?" Susan parlò totalmente ignara dell'espressione di orrore sul volto di Gregory.

"Hai rimorchiato uomini? Nei bar?" c'era incredulità nella sua voce.

"Sì, mi sembrava una buona idea in quel momento," disse assonnata, "Dud se li scopa tutti. Cassandra mi ha spiegato che la vaniglia non mi avrebbe mai più soddisfatta. Poi Barry e Cinthia sono arrivati con la loro idea, e ho pensato che diavolo, lì deve esserci almeno una persona dominante là fuori che non mi tratti come un fragile uccello con un'ala rotta e non mi dia ciò di cui ho bisogno."

"Vai a dormire," ringhiò Gregory trattenendo la calma facendole riaprire gli occhi per guardarlo.

"Sono stanco della pietà negli occhi di tutti e dei gusci d'uovo su cui tutti camminano intorno a me. Non posso semplicemente essere messo su uno scaffale come un giocattolo rotto. Hai capito bene?" Sembrava che stesse cercando disperatamente di convincerlo, e lui rimase sioccato dalle sue parole: "Ho amato Robert ma se n'è andato, mi ha lasciato, voglio provare di nuovo qualcosa, sapere quell'intenso piacere che mi ha dato di nuovo, non deve essere amore, solo qualcuno che possa fottermi il cervello come ha fatto lui." Lei ridacchiò delle sue stesse parole grossolane e si coprì la bocca.

"Dormi Susan," Gregory le accarezzò i capelli osservandola mentre chiudeva gli occhi.

"Sei davvero bello," sussurrò assonnata, "scommetto che potresti sconvolgere il mio mondo."

Gregory non disse nulla ma aspettò che il suo respiro si trasformasse nel ritmo profondo del sonno prima di lasciare la stanza. Entrò in cucina dove Caty e Paul stavano ripulendo con un sorriso. "Di solito non beve molto, vero?" disse con una piccola risata.

"No, ma il vino rosso fa bene al corpo, chiedi a qualsiasi medico", disse Caty. "È stato bello vederla così rilassata e felice. Hai visto che ha mangiato tutto il piatto di pasta e dessert? Penso che potremmo riportare indietro la nostra ragazza dai suoi giorni bui," Caty abbracciò impulsivamente Paul con gli occhi velati ancora una volta.

"Ora, ora, amore mio, non mettiamo a disagio il nostro ospite", Paul abbracciò la moglie.

" In realtà stavo proprio pensando a quanto mi sono sentito a mio agio qui dal nostro arrivo. Le leggende della vostra ospitalità sono tutte vere e sono lieto di riferirlo," Gregory sorrise alla coppia.

" Bene , lascerò che voi uomini facciate cose virili e andiate a dormire presto," Caty si asciugò le mani in uno strofinaccio e diede il bacio della buonanotte a suo marito, "Dormi bene, Gregory," lo abbracciò brevemente e si diresse anche lei su per le scale. .

"Vuoi vedere cosa ho regalato a Susan per il suo compleanno?" chiese Paul con un sorriso malizioso.

"Non sapevo che avrebbe compiuto gli anni a breve," ha ammesso Steven, "Ma continua, sono sicuramente curioso."

Gli uomini andarono al garage dove Paul svelò con orgoglio una roadster Nash Healy. Da allora il tempo passò velocemente mentre Gregory, appassionato di auto, tempestava Paul di domande e si sporcava le mani armeggiando con il motore. Un urlo acuto squarciò l'aria e Paul imprecò scuotendo la testa e allungando un braccio per impedire a Gregory di tornare di corsa a casa.

"Soffre di incubi riguardo alla sparatoria", ha detto tristemente. "Sarà meglio finire qui, anche se lei verrà a cercare compagnia se le luci sono ancora accese."

Gregory grugnì e si lavò prima di aiutare Paul con il telo copriauto. Stavano tornando a casa quando Susan apparve nel cortile sul retro. "Sono un nottambulo; posso tenere compagnia a Susan se vuoi andare a letto", si offrì Gregory.

"Va bene," concordò Paul. "C'è una serie di film lì dentro se vuoi guardarne uno." Abbracciò Susan: "Perché non ne scegli uno per lui, puoi guardarlo finché non ti addormenti di nuovo."

"Va bene papà," mormorò Susan assonnata e ritornò in casa seguita dai due uomini.

Gregory si sedette sul divano mentre Susan sceglieva un film. Cominciarono a scorrere i titoli di testa e lui la vide dirigersi verso una delle singole poltrone reclinabili. "Vieni a sederti con me, piccola,"

Gregory le diede poca scelta con il tono di voce che usò. Se voleva che le persone ricominciassero a trattarla normalmente, a lui andava bene. Gli piaceva molto l'espressione sorpresa sul suo viso mentre si voltava a guardarlo per un attimo prima di spostarsi sul divano su cui si sedeva.

Sorridendole, gettò un cuscino sul pavimento vicino ai suoi piedi e le fece segno di sedersi lì. Osservò il misto di emozioni attraversarle il viso mentre si inginocchiava sul cuscino dandogli la schiena di fronte allo schermo all'inizio del film. Gregory allungò la mano e giocò con i suoi capelli sussurrando: "Brava ragazza". La guardò rilassarsi sotto le sue carezze gentili e prese a malapena nota del film mentre ripeteva le sue parole prima. La tutela possessiva di Andrew era l'unica cosa che gli impediva di disciplinarla per il suo comportamento sconsiderato, ma forse, dopotutto, avrebbe disciplinato la vecchia ragazza per averlo condonato.

Susan iniziò ad abbassarsi e si appoggiò alla sua gamba mentre cominciava ad addormentarsi, appoggiando infine la testa sulla sua coscia. Spegnendo la televisione, Gregory portò Susan di sopra e la rimise a letto prima di dirigersi nella sua stanza. Non aveva mai capito veramente l'attrazione di Robert per la ragazza; è sempre sembrata così piccola e fragile a Gregory che, alto un metro e ottanta e altrettanto largo, torreggiava su di lei sia in termini di dimensioni che di forza. Dopo aver trascorso diversi giorni con lei nell'ultimo mese, era stata alla casa al mare e vedendola con la sua famiglia a casa aveva dovuto ammettere il fascino della sua apparente vulnerabilità che mascherava una giovane donna forte e intelligente. Per la seconda volta quella sera riconobbe che non era la tipica ragazza che passava per il club.

*****

Erano partiti il giorno seguente dopo pranzo e erano tornati in città carichi di amaretti per Andrew e Alan, oltre che per loro stessi. Più si avvicinavano a casa , più Susan si sentiva a disagio e cominciò ad agitarsi. Gregory ruppe il lungo silenzio che era calato su di loro dopo che avevano esaurito i convenevoli sulla sua famiglia e sul cibo. Preoccupato, misto alla rabbia ribollente che provava, affrontò Susan con le sue parole della notte prima.

"Come hai potuto essere così avventata, Susan," chiese infine, "Avventure di una notte? Sul serio, pensavi che fosse una buona idea?"

Susan deglutì: "Speravo di aver sognato di dirtelo. Per favore, non dirlo al signorino Andrew. Se sei così arrabbiato, sarà solo dieci volte peggio."

"Non lo farò," sbottò Gregory, "ma lo farai. Se tu fossi una delle ragazze di cui sono responsabile, saresti già stata punita. Lascerò questo ad Andrew. Gli dirai quello che hai detto. " me ieri sera, tutto quanto! Sono stato chiaro?"

"Sì, Sir Gregory," sussurrò Susan sentendo le lacrime riempirle gli occhi.

"Robert non ti ha insegnato nulla sulla sicurezza personale? Su come parlare apertamente quando hai dei bisogni? Come hai potuto essere così sconsiderato?" Si è ripetuto.

"Nessuno mi avrebbe toccato o mi avrebbe parlato adeguatamente. Tutti mi guardavano con pietà o con il proprio dolore. Erano tutti troppo preoccupati che avrei avuto un altro crollo nervoso per ascoltare veramente quando avessi detto che non volevo vivere in quell'appartamento che non volevo più stare nel suo ufficio. Mi hanno trasferito nell'ufficio che sembrava esattamente lo stesso e in un appartamento che era gemello di quello che avevo lasciato!" le lacrime le scorrevano lungo le guance, "È stato più facile andarsene," soffocò un singhiozzo di autocommiserazione.

Gregory rimase in silenzio, accogliendo le sue parole e realizzando quanto doveva essere stato difficile dire ciò di cui aveva bisogno e gestirlo male in quel modo. "Digli solo quello che mi hai detto nel modo in cui l'hai detto," ringhiò, non era sicuro se fosse ancora arrabbiato con lei o con se stesso per non aver notato la sua delusione e tristezza quando avevano trasferito il suo appartamento in quello vicino a quello di Andrew. . "Puoi tralasciare la parte su quanto sono bello," disse Gregory con un'espressione perfettamente seria facendola sussultare e arrossire profondamente.

Rimasero in silenzio ciascuno perso nei propri pensieri finché lui non entrò nel parcheggio del club e di casa sua. "Sii coraggioso, piccolo, sii onesto e dai una spiegazione completa. Credo che tu abbia abbastanza forza per parlarne con Andrew e vincere la discussione," disse piano Gregory.

"Perché dovresti pensarlo?" Susan si voltò verso di lui in macchina.

"Me lo ha detto Robert, ed era un uomo difficile da impressionare", sorrise Gregory.

Scesero dall'auto e si diressero verso gli ascensori. Susan sentì il suo stomaco rivoltarsi considerando ciò che aveva bisogno di confessare e dire ad Andrew. Sembrava tutto molto più semplice quando era in spiaggia, ma qui, in questo luogo dove aveva imparato a obbedire e ad accettare, tutta la fiducia che aveva nel tornare e raccogliere i pezzi della sua vita sembrava scomparire davanti a lei.

Il viaggio in ascensore fu troppo veloce e lei si ritrovò nel suo appartamento. Era difficile essere lì e non pensare a Robert, ed essere sconvolta per la svolta crudele che la sua vita aveva preso e arrabbiata con lui. La rabbia ribollì dentro di lei e rafforzò la sua determinazione ad apportare i cambiamenti di cui aveva bisogno o ad andarsene definitivamente.

Gregory arrivò pochi minuti dopo, seguito da Andrew, e Susan si alzò di fronte a loro. "Bentornata, Susan. Stai bene," Andrew sorrise e annullò la distanza tra loro per baciarle la guancia e scrutarla negli occhi.

"Ciao mastro Andrew, grazie," sorrise di rimando, "Hai un po' di tempo, magari potremmo parlare... per favore?"

"Naturalmente, ho cancellato i miei impegni quando Gregory ha chiamato e ha detto che stavi tornando. Come stai davvero?" La preoccupazione era evidente nella sua voce e nel suo volto, e lei poteva vedere la pietà nei suoi occhi che non faceva altro che alimentare la rabbia che provava per l'intera situazione. Lei si allontanò da lui e fece un respiro profondo.

"Potremmo semplicemente parlare come amici, non come Guardiani e tutelati, né come Padrone e schiavo, né con nessuna di queste etichette, ma come persone, addirittura come amici?" Susan ha cercato di esprimere il suo bisogno di incontrarlo ad armi pari senza timore di conseguenze.

"Sembra una cosa seria," osservò Andrew, "Puoi lasciarci Gregory," Andrew si avvicinò al tavolo da pranzo e si sedette invece di prendere posto sulla comoda sedia del soggiorno.

"Forse dovrebbe restare," disse Susan tranquillamente, "Potrebbe non piacerti quello che ho da dire." Andrew alzò un sopracciglio e annuì.

"Resterò fuori nell'ingresso," Gregory interruppe il momento, "penso che sia meglio se voi due ne parlate da soli." Si voltò senza aspettare la loro reazione e se ne andò chiudendo silenziosamente la porta dietro di sé.

Incuriosito, Andrew guardò Susan. "Ieri sera mi sono ubriacata un po' e ho condiviso alcune cose che avrei voluto non aver detto," gemette. "Probabilmente sarebbe meglio se nessuno lo sapesse, ma eccoci qui e se non ti dico la verità..." guardò verso la porta davanti alla quale Gregory si trovava dall'altra parte.

"Di solito non bevi, vero?" Andrew inclinò la testa confuso.

"No," scosse la testa, "C'erano dei motivi , ma inizierò dall'inizio." Ancora una volta fece un respiro profondo e Andrew si appoggiò allo schienale della sedia pronto a lasciarle dire ciò di cui aveva bisogno.

Susan raccontò del tempo trascorso nella sua "baracca", della sua incoscienza nel cercare avventure di una notte solo per provare di nuovo qualcosa. Alla sua domanda spiegò che Cassandra alla fine trovò che era più facile garantire la sua sicurezza piuttosto che farla scappare dalla baracca senza alcun preavviso. Ammise di aver pensato che fosse una perdita di tempo finché Cassandra non le spiegò la lezione che non avrebbe dovuto imparare. Quella vaniglia non le dava più alcun piacere.

Prendendosi il suo tempo , spiegò poi la visita di Barry e Cinthia e la loro proposta sulla formazione che Robert aveva messo in atto. Alla fine, parlò dei suoi sentimenti su come avrebbe potuto funzionare adesso e se lui l'avrebbe aiutata. Tra tutte le informazioni che gli aveva dato, parlava di come si sentiva come una lebbrosa adesso, intoccabile e fragile, come un giocattolo rotto su uno scaffale alto che le persone si allungano per prendere ma poi ricordano che è rotto e se ne vanno.

Susan aveva notato la contrazione della mascella di Andrew e le sue mani che si trasformavano in pugni in diversi punti della sua storia quando lui lo interrompeva per fare una domanda , ma era rimasto calmo durante l'intero scambio. "C'è dell'altro," disse tranquillamente.

"Dimmi tutto allora," disse Andrew senza alcuna emozione e si appoggiò nuovamente allo schienale della sedia. Susan ha delineato la sua idea per una nuova attività che potrebbe possedere e gestire sotto la bandiera dell'azienda e la sua idea di viaggiare per ispezionare aziende e produttori che la pensano allo stesso modo. Infine, ha parlato del suo bisogno di trovare un nuovo posto in cui vivere.

"Questo era tutto di Robert, non veramente mio e se mai dovessi trovare un po' di pace dagli incubi e dal senso di colpa che mi tormentano , non posso essere qui o in quell'ufficio. Per favore dimmi che capisci..." C'era disperazione in La voce di Susan. Andrew non sfuggiva al fatto che teneva profondamente alla ragazza, ma gli sembrava che i suoi piani fossero solo un altro modo per scappare e nascondersi dalla realtà che doveva affrontare.

"È tutto?" chiese tranquillamente. Susan annuì, sentendosi turbata dal fatto che Andrew non mostrasse ancora alcuna espressione sul viso o nella voce. Lui si alzò di colpo e fece il giro del tavolo prendendola in braccio e stringendola a sé. Non disse nulla mentre si dirigeva verso la grande e comoda sedia e si sedeva con lei in grembo e girava il suo viso verso il suo.

"Il mio bisogno di essere lasciato al mio dolore quando è morto il gattino era così forte che ti ho concesso la libertà di andare e fare ciò che volevi. Non mi era venuto in mente che avevi bisogno di qualcosa di diverso e probabilmente avrebbe dovuto avere." Lui sostenne il suo sguardo mentre parlava: "Non potrei mai essere arrabbiato con te perché sei sincero, è qualcosa che apprezzo molto." Lui sorrise e la baciò sulla fronte. "Che ne dici di dare una pausa al bello là fuori e lasciarlo andare a prendersi una birra?"

Susan rise piano e annuì, scivolando giù dal suo grembo e alzandosi. Andrew si alzò e andò alla porta spalancandola e trovò Gregory appoggiato al muro nell'atrio. "Ehi bello," ridacchiò Andrew, "Siamo tutti bravi a sistemare alcuni dei dettagli più fini se vuoi andare a prendere una birra e controllare come sta il tuo protetto."

"Non odiarmi perché sono bellissimo," ridacchiò Gregory in cambio dopo aver notato il sorriso di Susan e aver realizzato che era abbastanza contenta di come erano andate le cose. Premette il pulsante dell'ascensore e guardò Andrew e Susan tornare all'appartamento.

"Penso che dovremmo sospendere il cambio di appartamento per un po'. Preferirei averti vicino e se riesci a farcela con il lavoro e la formazione dubito che sarai qui spesso, a causa della vicinanza," sembrava considerare lei per un momento. "Farò la concessione di una ristrutturazione e chiederò ad Anne di aiutarti con un nuovo guardaroba adatto una volta che i tuoi piani saranno a posto, va bene?"

Susan acconsentì; le piaceva l'idea di fare shopping con Anne, era stata una così buona amica e Susan l'aveva trattata male nel suo dolore. "Mi aspetto che si possa dire lo stesso del mio ufficio al lavoro, anche se vorrei qualcosa di più piccolo", ha aggiunto Susan alla discussione.

"Possiamo fissare un incontro con Alan domani, avrà bisogno di ok, tutte le questioni d'affari. Semplicemente non mi diverto, e lui fa tutto così bene. La compagnia non ha quasi perso un colpo dopo la notizia della morte di Robert le colonne di affari, interamente grazie alla diligenza e alla leadership di Alan," Andrew ha dato tutto il merito dove era dovuto. Susan annuì e lasciò fermentare ancora per un po' l'idea che aveva al riguardo.

"L'allenamento e il bisogno che hai espresso di sentire di nuovo, potrebbero non essere così semplici," disse piano Andrew e Susan si sentì sgonfiata mentre un'altra delle sue richieste stava per essere compromessa. "Non fare il broncio," la sua voce si indurì e spiegò ulteriormente. "Questo è esattamente ciò che intendo. Ricordi quanto tempo ci hai messo a fidarti di Robert?" le sollevò il mento e la guardò negli occhi. "Bene, e tu?" ha preteso una risposta.

"Era diverso, non sapevo assolutamente nulla di quello stile di vita," ribatté lei, poi si morse il labbro pentendosi della sua risposta.

"È una linea sottile che un sottomesso cammina tra il puro addestramento e l'essere addestrato dalla tua persona speciale di cui ti fidi implicitamente che si prenderà cura di te. Il legame è diverso ma, come nella tua relazione con Robert, la fiducia è la chiave per la sicurezza e il piacere per ognuno di voi, dominante e sottomesso. Potresti fidarti di un estraneo virtuale solo su mia indicazione? Su indicazione di Barry?" fece una pausa e la lasciò pensare alle sue parole.

"Convocherò le parti interessate e presenterò la tua richiesta per accedere alla formazione che Robert ha iniziato a organizzare per te, se..." fece una pausa in modo che lei sapesse che questo non era negoziabile, "Se puoi mostrare la tua obbedienza e fiducia in qualcuno che io scegli di addestrarti per una settimana. Devi poter avere fiducia che io e ciascuno degli uomini a cui richiedi l'addestramento ti manterremo al sicuro dai pericoli, sia che siano loro ad allenarti o scelgano qualcuno che lo faccia per loro. che tutti i piani e le modifiche agli orari che i Master potrebbero apportare per accontentarti saranno inutili e ti faranno guadagnare una cattiva reputazione. Devi dimostrare la tua disponibilità a impegnarti nel programma fidandoti di me per scegliere il tuo primo allenatore.

Poteva vedere la logica delle sue parole e acconsentì; dopotutto era quello che voleva e questo non era che il passo successivo nel viaggio che aveva iniziato accettando il collare di Robert. Sapeva allora, come lo sapeva adesso, che voleva esplorare di più questo mondo, e si fidava di Andrew; per questo gli aveva parlato di tutto contro il consiglio di Cinthia.

"Capisco e quello che dici ha senso," si mordicchiò il labbro pensierosa. "Non mi allenerai tu stesso?"

"Il mio dolore è ancora troppo crudo. La scoperta di Lucifero mi ha finalmente visto mettere a tacere gli ultimi capi sciolti e mettere a tacere la mia amata, Kitty, finalmente," Andrew le fece un mezzo sorriso. "È meglio così."

"Allora confido che tu scelga il primo allenatore e prometto che cercherò di renderti orgoglioso," disse sinceramente Susan.

"Bene ed ecco cosa farò. Fisserò un incontro per domani pomeriggio per parlare con Alan della tua carriera e della tua situazione lavorativa in azienda. Cercherò la disponibilità delle parti interessate per un incontro all'inizio della prossima settimana. Lo farai fidati di avere come sempre a cuore i tuoi interessi e vai a cambiarti con qualcosa di sexy, pensa che "Suckerpunch" sia sexy, tornerò a prenderti tra trenta minuti. Andremo al club; la tregua per l'amicizia e le chiacchiere è finite, e da questo momento in poi ricorderete il vostro posto," disse con fermezza Andrew concludendo le loro discussioni. "Avrai fiducia che mi prendo cura di te e che ti amo come se fossi mio e che mi parli sempre come hai fatto stasera, non c'era bisogno di tregua."

Susan fu colta di sorpresa ma dopo le sue lamentele per essere stata messa su uno scaffale come un giocattolo rotto non discusse. Invece, scivolò dal divano fino alle ginocchia sul pavimento e rispose dolcemente: "Sì, Maestro".

Lui annuì e si voltò lasciandola a prepararsi. Controllò l'orologio e andò velocemente a pulirsi e a cambiarsi.

Quando Andrew tornò, Susan sembrava fresca e nella sua mente abbastanza sexy da rendere orgoglioso Robert. Aveva sempre scelto tutti i suoi vestiti, il suo cibo e tutto, tale era il suo bisogno di controllo sulla sua vita. Essendo lasciata a se stessa con solo il titolo di un film come punto di riferimento, è stata tormentata dall'indecisione. C'era così tanto nel vasto guardaroba che non aveva mai visto prima che alla fine scelse un completo di pelle. Robert aveva amato l'odore e la sensazione della pelle e aveva ispirato in Susan un'attrazione erotica.

Era troppo magra, era d'accordo con i commenti recenti; la morbida curva rotonda dei suoi fianchi era ora spigolosa e ossuta, e la corta gonna di pelle a pieghe pendeva da essi con una leggera angolazione. Poteva quasi contare le sue costole e le copriva con un sottile e attillato gilet di pelle. Reggicalze e calze alte fino alla coscia erano visibili sopra un paio di stivali neri lucidi al ginocchio che avevano tacchi malvagi, e lei si legava un'ampia sciarpa a strisce rosse e nere attorno alla scollatura. Decise di prendersi cura di se stessa meglio di prima mentre si dipingeva il viso con un trucco sorprendente.

Andò in soggiorno e si inginocchiò chiudendo gli occhi; Andrew aveva ragione, non sapeva come avrebbe reagito al comando di un altro ma era qualcosa che doveva fare, lo voleva e soprattutto sapeva di averne bisogno.

Susan sentì la porta aprirsi e alzò la testa indurendo quella piccola parte del suo cuore che soffriva per Robert. Era determinata a dimostrare di essere pronta a rientrare in questo mondo come aveva affermato in precedenza. Andrew si avvicinò a lei e si sedette di nuovo sulla comoda sedia.

"Sono sicuro che Robert ti abbia detto che non tutti i membri del club sono degni di fiducia o rispettosi della proprietà degli altri uomini. Anche se il colletto che indossi ancora ti farà guadagnare qualche elemento di rispetto e sicurezza all'interno del club, ti rende anche molto desiderabile Se sei seriamente intenzionato a rientrare nel club e nel mondo che contiene, devi rimuoverlo adesso," disse gentilmente Andrew.

"Capisco, Maestro," rispose Susan con voce ferma ma le sue mani tremavano mentre lottava per allentare il fermaglio della bellissima catena che non si era tolta dalla sua morte. Andrew non l'aiutò ma rimase seduto a guardare tristemente sapendo che era qualcosa che doveva fare da sola. Con determinazione, lei lo tolse e glielo porse.

"È tuo e sarà sempre tuo, Susan. Nessuno può portartelo via," la voce di Andrew era addolorata. Tirò fuori una scatola dalla tasca. Questa catena offrirà la mia protezione all'interno del club e la protezione di chiunque scelga di dartela tra i nostri amici. Inutile dire che anche tu hai la protezione di Alan," Andrew sollevò una catena di corda attorcigliata e le mostrò come funziona il complicato meccanismo di chiusura cilindrico e le piccole parole incise su di esso. "Protetto: MA.MA."

"Accetti?" chiese Andrew e Susan annuì, incapace di parlare immediatamente. Sollevò i capelli per accettare il nuovo collare dopo aver depositato il collare che aveva rimosso nella scatola.

"Sì, Maestro. È bellissimo; hai davvero molto talento," sorrise anche se dentro si sentiva completamente incasinata.

"Mettilo in un posto sicuro e vieni, ho qualcosa da mostrarti," sorrise incoraggiante Andrew.

*****

"I piani per questo," Andrew agitò un braccio indicando il Den rinnovato nel club, "erano pronti prima che tu e Robert partiste per l'Italia."

Susan si guardò intorno e notò le differenze. Aveva ancora il fascino opulento del vecchio mondo e la decadenza del resto del club, ma con uno schema di colori più fresco e diversi mobili antichi. Mentre i suoi occhi guardavano oltre il muro più lontano, sussultò. Il ritratto fotografico che era sempre stato appeso lì era stato sostituito da dipinti ad olio.

Una grande scena ispirata all'Ultima Cena raffigurava tutte le parti interessate, inclusa lei stessa inginocchiata al fianco di Robert, che sedeva a capotavola e gattino inginocchiato accanto ad Andrew all'altra estremità. Il resto del tavolo era pieno di uomini e di un'altra donna che sembrava essere l'unica persona che non riconosceva. Su ciascun lato c'erano due ritratti più piccoli, uno di Andrew e Kitty, l'altro di Robert e di lei. Erano bellissimi e sentì il suo cuore perdere un battito. "Accidenti a te , Robert. Perché hai dovuto lasciarmi così presto," sussurrò con rabbia piuttosto che con tristezza.

"Volevo che tu lo vedessi per la prima volta senza nessun altro intorno. In modo che non fossi colto di sorpresa," Andrew si era aspettato le lacrime e non la rabbia che emanava dalla giovane donna.

"Grazie, Maestro," Susan sembrò calmarsi rapidamente dopo lo shock iniziale. "Sono di una bellezza mozzafiato. L'artista ha catturato le sembianze di tutti così bene."

"Devo dire che anch'io ne sono rimasto davvero impressionato," sorrise Andrew.

"Vieni, Susan," Andrew indicò una sedia vicino alla scrivania. I nostri ospiti per la cena arriveranno presto, ma prima c'è un'altra questione di cui dobbiamo discutere." Aspettò che lei si sedesse prima di parlare di nuovo. "Gregory vive secondo un codice di condotta molto rigido. Ecco perché è così bravo nel suo lavoro di manager del club. Garantisce il benessere di tutte le ragazze qui, ma anche sostenere quel codice e mantenere i membri qui a uno standard così elevato se desiderano mantenere la loro iscrizione garantisce doppiamente la loro sicurezza e l'atmosfera di accettazione qui. È stato mentore di Robert come Maestro, ed è uno dei migliori che ci siano," aggiunse Andrew nel caso Susan non lo sapesse.

"Allora devo chiamare Gregory Master?" si morse il labbro chiedendosi se lo avesse offeso chiamandolo Sir Gregory ma era sicura che le avessero detto che quello era il suo titolo.

"No, preferisce Signore. Ha un vivo interesse per il Medioevo e il codice cavalleresco dei cavalieri," rise Andrew. "Il punto è che, secondo lui, devi essere disciplinato per la tua sconsideratezza nel cercare il piacere di uno sconosciuto, e devo ammettere che è una cosa molto pericolosa da fare per un sottomesso. Ci sono veri maiali, teppisti e sporcizia là fuori che romperà il braccio di una ragazza per l'emozione che dà loro il fatto che lei abbia dato il suo consenso all'abuso, al rapimento e alla tortura di un giovane sottomesso accade troppo spesso." Susan sussultò, e lui vide nella sua incredulità con gli occhi spalancati che questi pensieri non le erano mai venuti in mente.

"Come pensavo," annuì. "Gregory incolpa Cassandra, che punirà lui stesso. Gli ho chiesto piuttosto di educarti sulla tua avventatezza. Non ne era contento, quindi ho bisogno che tu vada da lui ed esprimi il tuo rammarico e lo convinca che ora capisci come fossero pericolose le tue azioni e che accetterai la sua protezione e la sua disciplina all'interno del club se mai dovessi trovarti qui senza un Maestro al tuo fianco, o esibire di nuovo un comportamento sconsiderato," Andrew era fermo ma le chiese invece di comandarla, costringendola a scegliere se accettare o meno questo accordo.

"Mi sono sempre assunta la sua protezione e quella degli amici di Robert e dello staff dirigenziale come Barry," Susan fece una pausa per pensare mordendosi di nuovo il labbro. "Non penso che sarei mai qui senza un Maestro, quindi non riesco a immaginare che farebbe alcuna differenza se accettassi o meno," Susan inclinò la testa mentre lavorava con la mente.

"Ah ma sì, per Gregory. Il suo codice è tale che non metterebbe mai le mani su una ragazza o sulla proprietà di un altro senza l'accettazione della ragazza e del suo proprietario, se ce n'è uno. Nel tuo caso ci sono io, il tuo tutore e Alan l'esecutore testamentario delle tue partecipazioni aziendali. Poiché si tratta di una questione personale, spetta a me accettarla, e lo farò se anche tu sei d'accordo," Andrew fece una pausa aspettando che lei parlasse.

, "" Quindi è un'accettazione formale del presupposto, " Susan rise piano. "Non ho alcun problema ad accettare Sir Gregory nella sfera delle persone che possono guidarmi e addestrarmi in questo stile di vita."

"Ricorda solo che una volta era il protetto di Robert e come tale può essere duro e sadico, ma è anche molto giusto e non ti disciplinerebbe indebitamente," Andrew decise di chiarire esattamente ciò a cui lei era d'accordo.

"Hai lasciato fuori il bello," Susan sorrise per niente sminuita dalla sua descrizione.

Andrew scosse la testa e si alzò tendendole la mano: "Allora andiamo a trovarlo."

Come il covo dei proprietari, l'ufficio del manager, sebbene più piccolo, si trovava in una posizione altrettanto centrale all'interno del club, con porte sia sul foyer che sulla zona ristorante. Attraversarono l'atrio ed entrarono nell'ufficio più piccolo dove Gregory sedeva alla scrivania come se li stesse aspettando. Una delle ragazze della reception passò ad Andrew un piccolo biglietto mentre lui le passava. Leggendolo rapidamente, sorrise ampiamente.

"Devo andare a trovare qualcuno. Vi lascio alle vostre discussioni. Mandatela al ristorante quando avete finito," disse facilmente Andrew e uscì dalla stanza.

Gregory si alzò e le si avvicinò, torreggiando su di lei ringhiò: "Hai qualcosa da dire?"

Susan deglutì rumorosamente e quando aprì la bocca uscì appena un sussurro: "Mi dispiace, Sir Gregory, non avevo realizzato la portata della mia imprudenza, e me ne rendo conto adesso."

"Davvero? Davvero?" la sua mano si alzò di scatto e le circondò la gola. "Sai quanto sarebbe facile per un uomo come me spezzarti come un ramoscello? Tenerti contro la tua volontà e farti diventare il mio giocattolo del cazzo personale?"

"Sì, Sir Gregory," squittì, ma trovò le sue parole sia terrificanti che eccitanti.

"Guardati," i suoi occhi caddero sui suoi capezzoli induriti chiaramente visibili attraverso la scollatura aperta e la pelle sottile del gilet. "Sei una troia così sexy che chiunque con un po' di cervello potrebbe abusare di te, e te ne saresti grato," lasciò cadere la mano e se ne andò. Cercò di trattenere l'elemento di disgusto appena nascosto nella sua voce, ma in verità il suo evidente piacere nel sentirsi parlare in quel modo gli piaceva, e vide in lei qualcosa che raramente vedeva nei sottomessi con cui aveva a che fare quotidianamente .

"Lascerò che sia Andrew a istruirti questa volta come concordato," quasi sputò quelle parole mentre si voltava a guardarla di nuovo. "La prossima volta che avrò la sensazione che ti sei messo incautamente in pericolo o hai corso troppi rischi per volere di un altro senza usare la tua parola di sicurezza, sarò io a decidere la punizione, capisci?"

"Sì, Sir Gregory. Accetto che ora sia tuo diritto come mio protettore," Susan abbassò gli occhi sul pavimento.

"Certo," gettò un cuscino sul pavimento e si sedette sulla sedia accanto ad esso, indicandole di inginocchiarsi. "Vorrei essere coinvolto nel tuo piano di formazione. Per controllarti e garantire che i codici di condotta siano rispettati da coloro che vengono scelti per formarti, d'accordo?"

"Sì, Sir Gregory," Susan rimase sbalordita dalla sua richiesta ma non riusciva a vederne il danno finché lui non interferiva se tutto andava bene.

"Barry e io condividiamo gran parte del carico di gestione di questo club e anche la tua protezione diventerà parte di questo carico. Se non fossi disponibile, cercherai protezione da lui," Gregory guardò la ragazzina che si mordicchiò il labbro pensierosa e in pausa? "Non c'è bisogno di temerci, solo cosa succederà se non cerchi protezione quando ne avrai bisogno, capisci?"

"Sì, Sir Gregory. So che sia voi che... umm Barry è un Sir o un Master?" inclinò la testa in modo interrogativo.

"Entrambe le cose, anche se per il momento il signore va bene, a meno che non le dica il contrario," rispose Gregory.

"Grazie, so che sei rispettato e stimato da Andrew e che Robert contava molto su di te. Ho visto la buona volontà che hai ricevuto da tutti i membri e sottomessi. Farò del mio meglio per non incorrere in altre punizioni o rendere il il carico che porterai qui sarà più pesante," disse tranquillamente.

"Non saremo i tuoi allenatori ma saremo qui per proteggerti qualora ne avessi bisogno. Metterò i nostri numeri nel tuo telefono, ce l'ha Andrew ?" Lei scosse la testa, e lui aggrottò la fronte: "Devi avere sempre il telefono con te. Ne parlerò con Andrew. Sei ancora nuova in questo mondo, e la colpa è sua. Una volta iniziato l'allenamento, però, non ci saranno problemi." non avere scuse," sorrise minacciosamente, "e secondo me hai già due colpi contro di te." Robert aveva sempre fatto tutto per lei, lei non aveva dovuto pensare da sola durante la loro breve relazione. L'esistenza che stava chiedendo sembrava molto più complicata di quanto pensasse inizialmente.

La sua confusione era in conflitto con il bisogno nella sua mente mentre ancora una volta inveiva contro Robert per averla lasciata trovare la sua strada. Qualcuno bussò alla porta e Andrew entrò: "Tutto fatto?"

"Immagino di sì", rispose Gregory.

"Bene. Stasera inizierà l'allenamento di Susan. Una nostra vecchia amica è appena arrivata. Voglio che tu la accompagni attraverso l'atrio tra un paio di minuti, dammi il tempo di tornare al tavolo. Quando arrivi al ristorante " Entrata , voglio che tu rimanga lì finché non ti faccio segno," Andrew parlò velocemente, come se fosse eccitato.

Gregory grugnì e annuì guardando Susan dall'alto mentre Andrew lasciava la stanza. Le offrì la mano aiutandola a salire sui tacchi alti e traballanti. "Spero che tu sia pronta come dici di essere," mormorò e mettendole la sua grande mano dietro il collo come aveva sempre fatto Robert, la guidò fuori dalla porta nell'atrio. Salutò alcuni amici senza presentare Susan nonostante i loro sguardi curiosi prima di accompagnarla verso la porta del ristorante e del piano bar.

Susan sentì un uomo seduto a un tavolo vicino esclamare quando apparve: "Cazzo, ora c'è una fantasia ambulante". Si voltò verso il tavolo da cui proveniva la voce e vedendo Andrew sorrise nervosamente. Tra gli ospiti che aveva con sé c'erano Sara, James e l'uomo chiassoso che non conosceva. "Non c'è modo!" L'uomo esclamò mentre lei si voltava verso di loro, "Non potete dire sul serio! È questa la ragazza che volete che alleni per qualche giorno?"

Andrew vide il volto di Susan velarsi di dubbi, scambiando le lodi dell'uomo per riluttanza e le fece cenno di avvicinarsi. Sara si stava agitando accanto a James come se avesse troppa energia per restare seduta ferma a tavola. "Per favore papà, per favore" gemette finalmente Sara.

"Okay, tesoro, ma sii gentile," Sara saltò dalla sedia e quasi travolse Susan in un enorme abbraccio e baci.

"Mi sei mancato così tanto. Sono così felice che tu sia tornato!" Sarah la tenne stretta come se non avesse intenzione di lasciarla andare finché Gregory non si schiarì la gola. "Oh pooh, okay, okay, mi siedo di nuovo, ma non sei divertente, Sir Gregory," disse sgarbatamente lasciando andare Susan.

"Beh, diavolo, bello," disse lo sconosciuto membro del gruppo. Susan trasse un respiro profondo soffocando le risatine che aveva fatto per il modo in cui Sara aveva parlato con Gregory e si voltò verso la voce. Ha accolto l'uomo. Indossava una tuta da motociclista, aveva un pizzetto corto e capelli lunghi raccolti in un laccio di cuoio. Dal punto di vista di Susan sembrava essere grande quanto, se non più grande, di Gregory e lei spalancò gli occhi.

Andrew riempì il suo silenzio sbalordito presentandolo: "Susan, questo è mio amico, Wildman. Se sei d'accordo, sarà il tuo allenatore per questa settimana di prova. Lo chiamerai Sire."

"È un piacere conoscervi, Sire," disse tranquillamente, sentendosi in dovere di fare cortesia, prima di rivolgersi a James, "ed è sempre meraviglioso vedere te e Sara, padron James." Susan si chinò per baciargli la guancia come lui preferiva fare quando lo salutava.

"Ah Susan, sei meravigliosa come sempre," sorrise James. "Ci sei mancato. Brutto affare," disse riconoscendo l'elefante nella stanza, "È ora di ricominciare a vivere, vero?"

"Sì," concordò prontamente Susan, in qualche modo era bello che James riconoscesse la perdita di Robert e la sua apparizione qui, come se accettasse il fatto che lei avesse bisogno di andare avanti.

"Spero che Sara sia altrettanto coraggiosa, quando arriverà il momento," disse tranquillamente, voltando lo sguardo da Sara mentre parlava. "La vita è per i vivi, come si suol dire," sorrise ma non raggiunse i suoi occhi costringendola a guardarlo da vicino.

"Vieni a sederti accanto a me!" Sara sorrise: "Possiamo condividere il dessert!" Susan rise. Sapeva che questo significava che Sara l'avrebbe mangiato per lei, ma non le importava che fosse bello stare con persone felici e che si godevano la vita. O forse era semplicemente bello provare a divertirsi anche lei.

Susan si sedette tra Sara e il Wildman. Si sporse verso di lei una volta che si fu seduta e le diede un colpetto sulla guancia: "Dov'è il mio bacio di saluto?" Susan rise piano e si chinò per premere le labbra sulla sua guancia.

"Bene, ci sto. Controlla, per favore!" ridacchiò.

"No," gemette Sara, "è il mio turno di cenare con Susan e questa volta niente andrà storto!" Lei sussultò e si coprì la bocca: "Non avrei dovuto dirlo."

"Va tutto bene, Sara, davvero; sto bene e sono così felice di vedere te e il tuo papà," abbracciò a sé la donna cherubina. Si rivolse ad Andrew: "Non avevo realizzato che sarebbe successo così presto."

"Non c'è momento migliore di questo considerando la tua recente imprudenza," alzò le spalle ma i suoi occhi fissarono quelli di lei come se la sfidassero a fare marcia indietro su ciò che aveva accettato. "È ovvio che hai bisogno di una supervisione molto maggiore di quella che ti ho dato."

«D'accordo», tuonò Gregory.

"Sì, signorino Andrew," disse lei arrossendo dolcemente mentre abbassava lo sguardo dal suo.

"Zio Dick, dì allo zio Billy che deve restare a cena," piagnucolò Sara lamentosamente.

Andrew si rivolse al suo amico e disse: "Resta a cena, zio Billy".

"Va bene," grugnì Wildman, "Ma se faccio il bravo ragazzo, stasera troverò la ragazza, giusto?" Ridacchiò a Sara che annuì entusiasta.

"Ha un appuntamento domani pomeriggio, quindi basta che tu sia qui per l'ora di pranzo così posso accompagnarla, non vedo perché no," disse Andrew osservando la reazione di Susan.

"Fatto," concordò Wildman e si rivolse a Susan, "Ecco il momento di parlare, bambina, sei d'accordo?"

"Sì, Sire," disse con una voce più ferma di quanto si sentisse. Era allo stesso tempo terrorizzata ed eccitata dalla prospettiva, e sapeva che Andrew si fidava inequivocabilmente di quest'uomo e che sapeva che garantiva la sua sicurezza.

"Eccellente," si frugò in tasca e tirò fuori un bracciale dorato. Era riccamente decorato con scritte in filigrana e lui glielo mise sulla parte superiore del braccio chiudendolo con uno scatto. "Andiamo in ordine, sono già da troppo tempo nel paese degli abiti e della cravatta."

"Aww zio Billy, non vieni mai più al club, e hanno i migliori dessert ora che Sir Barry dirige le cose," Sara lusingò, "Non avere così tanta fretta, fai finta di essere a una festa in costume." festa!"

La conversazione a cena fu vivace e piena di risate e mentre Susan ascoltava conobbe William Wilder, altrimenti noto come Wildman. Doveva essere il suo primo allenatore nel viaggio che aveva iniziato nel mondo in cui Robert l'aveva portata, ed era grata di aver avuto il tempo di conoscerlo un po' prima di partire. Ha guidato con il Clarkson Knights Motorcycle Club. Erano ben noti per il loro lavoro di beneficenza e lui era appena tornato da un giro di beneficenza lungo l'autostrada del New England, nelle zone rurali del New South Wales.

Ha lavorato come fotografo e artista freelance, quindi viaggiava costantemente, ma la sua base di partenza era qui in città.

Quando arrivò il dessert, Gregory ne mise uno in più tra Susan e Sara annunciando che avrebbero potuto condividere la nuova creazione di Barry, ma principalmente era così che Susan potesse mangiare la sua. Nonostante la naturale magrezza di Susan, era preoccupato che fosse così magra. Non appena Susan ebbe dato l'ultimo boccone al suo dessert, Wildman parlò.

" Esatto , sono stato un gentiluomo e un bravo ragazzo durante tutto il pasto, ma ho raggiunto il mio limite," disse ad Andrew, "la riporterò qui domani all'ora di pranzo e poi potremo discutere i dettagli." Sollevò Susan dal suo posto e se la mise facilmente in spalla, colpendole rumorosamente il sedere prima di uscire a grandi passi dal club.

Susan squittì sorpresa ma non resistette alla sua posizione, penzolando mollemente dalla sua spalla, alzò la testa mentre lasciavano il tavolo e salutò James e Sara, che stava ridacchiando forte. Invece che nel parcheggio, uscirono dalla porta principale in strada, lui la scaricò sul retro della sua bicicletta e le infilò un casco in testa.

Si aggrappava a lui mentre guidava per le strade della città e lo ascoltava parlare attraverso un sistema che collegava tra loro i caschi. Non c'era dolcezza nella sua voce mentre le spiegava le sue regole non negoziabili.

"Mi chiamerai Sire in ogni momento, pubblico e privato. Eri la ragazza di Robert, quindi non ho dubbi che tu abbia una vena masochista, ma lo farai; ripeto; utilizzerai la tua parola di sicurezza se sarai angosciato da qualsiasi cosa, non importa quanto sembriamo eccitati tu o io. Obbedirai solo a me durante il tempo che passerai con me, a parte questo incontro di domani, tutti gli altri appuntamenti e le assenze necessarie saranno approvati solo da me. Discuteremo i tuoi limiti e anche i miei come simpatie e antipatie in seguito. In questo momento il tuo unico alleato è la tua parola di sicurezza. Capisci?"

"Sì, Sire", disse la paura e l'attesa che la attraversavano con le vibrazioni della bicicletta.

"Buon per stasera, la tua parola di sicurezza sarà Fruitloops," finì la conferenza mentre entravano nel vialetto, la porta del garage si apriva automaticamente per loro. Scese dalla bici e le tolse il casco ancora una volta, sollevandola e mettendosela in spalla. Si era concentrata così tanto sulla sua voce mentre guidavano che non aveva notato dove si trovassero, e fu sorpresa di ritrovarsi in quello che sembrava un magazzino in disuso.

Prese le scale due alla volta spingendola mentre lei penzolava sopra la sua ampia spalla, infine entrò in una pesante porta di metallo e accese un interruttore della luce. La porta si chiuse alle loro spalle mentre camminavano verso l'estremità buia della stanza, e lui la scaricò sul pavimento senza troppe cerimonie ringhiando: "Non muoverti di un centimetro", afferrò una borsa da una panca vicina e tirò fuori una macchina fotografica. , scattando diversi scatti della ragazza.

Susan si immobilizzò come un cervo alla luce dei fari, con gli occhi spalancati e sbattenti le palpebre mentre il flash la colse di sorpresa.

"Mi è venuto duro da quando sei entrato in quel posto stasera," ringhiò Wildman, "Striscia qui come una brava piccola troia e succhiami il cazzo," si appoggiò alla panca dietro di lui. Susan raccolse le braccia e le gambe sotto di sé e strisciò lentamente e sensualmente verso di lui tenendo gli occhi sul suo viso. "Hai fame di cazzo, vero? Una troia come te ne ha sempre bisogno," la sua voce divenne più profonda e tuonò le parole mentre lei si inginocchiava davanti a lui e si avvicinava per respirare il profumo dei suoi pantaloni di pelle logori strofinando il viso contro il suo inguine coperto.

Era consapevole di un lampo che si accendeva mentre le sue mani lavoravano sul bottone e sulla cerniera che gli abbassava i pantaloni lungo le gambe, non sorpresa dall'interno morbido e dal fatto che non indossasse biancheria intima. Si sporse per respirare il suo profumo mentre le sue mani abbassavano i pantaloni. Lui le afferrò una manciata di capelli e la tirò via dal suo cazzo facendola strillare di sorpresa piuttosto che di dolore. "Prima slacciami gli stivali, inutile stronza," e quasi la gettò a terra ai suoi piedi. Si ricompose e tirò le gambe sotto di sé in un ampio ginocchio. Si chinò abbassando le fibbie e godendosi di essere circondata ancora una volta dall'odore del cuoio e dal controllo di un uomo dominante.

Si era tolta gli stivali e i calzini e aveva ricominciato a lavorare sui suoi pantaloni quando lui li aveva calciati via raccogliendola nel processo e mandandola distesa all'indietro. Piantando i piedi ben divaricati lui sogghignò: "Bene, cosa stai aspettando", ancora una volta lei si alzò sulle mani e sulle ginocchia e strisciò verso di lui inginocchiandosi. Si sporse in avanti sollevando la mano sulle sue palle mentre abbassava la testa per baciarne la punta quasi con reverenza, lasciò uscire la lingua e fece roteare intorno alla testa prima di succhiarla in bocca.

Sbattendo la lingua sotto la testa, lo sentì gemere e la sua mano tra i suoi capelli, compiaciuta dalla sua reazione, continuò il suo passo lento sollevando la bocca dal suo cazzo e facendo scorrere la mano su e giù lungo l'asta mentre la sua lingua tracciava tracce simili. su e giù per l'asta venosa. Lei chinò la testa ancora più in basso per lambire le sue palle suscitando un altro gemito di soddisfazione prima che lui improvvisamente le tirasse indietro la testa per i capelli facendola guardare verso di lui.

"Ci sarà un sacco di tempo per quello più tardi," ringhiò, "Ora apri!"

Lei aprì la bocca e lui la penetrò facendola vomitare. Deglutì a fatica; aveva un cazzo ragionevolmente grosso, ma non così schiacciante e quando lei prese il ritmo con lui gorgogliò e deglutì intorno alla testa entrando nella bocca della gola invece di imbavagliarlo e soffocarlo. I morbidi riccioli che incoronavano il cazzo che succhiava avidamente odoravano dei pantaloni di pelle che lui aveva indossato, e lei vi inserì volentieri il naso mentre lui continuava a spingere dentro e fuori dalla sua bocca da succhiare.

Le lacrime le rigavano le guance e la bava le pendeva dal mento quando lui le tirò indietro i capelli inclinandole il viso verso di sé con solo la punta del cazzo rimasta tra le sue labbra. Il flash si spense più volte e lui gemette forte: "Apri, lingua fuori". Il primo getto di sperma fece saltare il suo cazzo spruzzandolo sul naso e sulla guancia, il secondo atterrando sulla sua lingua e un terzo atterrando sul suo naso e sulla guancia, mancando di poco l'occhio. Rimise il cazzo sulla sua lingua e ordinò: "Succhia!" Il flash aveva continuato a spegnersi durante l'ultimo orgasmo, ma a lei non importava di essere così calda ed arrapata in quel momento.

"Per qualcuno senza molto allenamento sei un bravo piccolo succhiacazzi," disse mentre finalmente la tirava via dal suo cazzo e la gettava di nuovo a terra. "Ora possiamo metterci al lavoro. Seguitemi", disse e si voltò per andarsene prima di aggiungere: "Striscia".

Si spostarono dall'altra parte dell'estremità poco illuminata dell'enorme spazio aperto che, secondo lei, era un magazzino riconvertito. Lui si sedette su una grande poltrona di pelle e lei si inginocchiò davanti a lui. "Mani," lei sentì il comando e alzò le mani verso di lui e lui le avvolse i polsi in polsini di cuoio simili a quelli che aveva indossato per Robert. "Mi piacciono gli stivali, tienili, alzati," comandò.

Sollevandole la gamba tra le sue gambe, le avvolse la caviglia dello stivale in un polsino; la sua mano corse su per la gamba fino alla fica, "Adori succhiare il cazzo, vero, bambina," mormorò mentre il suo dito oltrepassava il materiale fragile del perizoma e penetrava nella sua umidità facendola sussultare e morderla. labbro mentre si bilanciava su un piede. Il suo dito entrò e uscì da lei alcune volte mentre ringhiava: "Ti ho fatto una domanda, bambina."

"Sì, Sire," ansimò.

"Allora dillo!" le suggerì togliendole il dito e accarezzandole leggermente il clitoride.

"Adoro succhiare il cazzo, Sire," ansimò emettendo un piccolo piagnucolio mentre arrossiva.

"Brava ragazza. Non ce ne saranno più finché sarai con me," raccolse il fragile perizoma in un mucchio e glielo strappò dal corpo. "Niente mutandine, niente reggiseni. Tutto chiaro?"

"Sì, Sire," disse senza fiato, sentendo il bruciore dell'elastico che si spezzava riscaldarla leggermente.

"L'altro piede," le ordinò e lei cambiò posizione. "Ti hanno fatto il culo?"

"Sì, Sire," rispose lei e continuò la semplice risposta mentre lui continuava a chiederle della sua esperienza fino a quel momento. Era stata sculacciata, rasata, bastonata, frustata e frustata? Sono stati usati morsetti, tappi anali, perline, palline Ben Wah? Giochi con la cera, sport acquatici? Era contento che non avesse piercing e che sembrasse amare la pelle tanto quanto lui. Poi le chiese dei feticci dello stile di vita, l'unico che lei potesse veramente capire era essere tenuto come animale domestico. Sebbene desiderasse imparare a servire come Samantha, non ne ricordava il nome.

Spiegò che aveva scelto l'indirizzo di Sire perché, sebbene si identificasse con l'essere un papà-dom, non gli piaceva l'immaturità e le affettazioni infantili di ragazze come Sara. Invece, desiderava il rispetto e il controllo assoluto derivanti dal fatto che una giovane donna come Susan dipendesse da lui per ogni piccola cosa. Si sarebbe preso cura di lei e avrebbe controllato la sua vita per il tempo in cui sarebbe stata con lui come farebbe un padre con una giovane ragazza, ma aveva anche una larga vena sadica e gli piaceva che le sue ragazze abbracciassero il loro bisogno di cazzo e di uso duro. Gli piaceva quindi essere delle vere troie, civettuole e provocanti anche con i suoi amici, e mentre le avrebbe permesso di succhiare tanti cazzi diversi questa settimana, lei non avrebbe dovuto fare sesso penetrativo con altri mentre era con lui. Non voleva un bambino che piangeva, o che faceva i capricci, se voleva che una ragazza piangesse e facesse il broncio le avrebbe dato una buona ragione per farlo.

"C'è qualcosa di cui non abbiamo parlato che vorresti aggiungere?" le chiese seriamente.

"Sono stata introdotta a questo tipo di... vita da Robert, come sai. Da quel momento, ho preso il suo collare, sapevo che volevo sperimentare di più, tutto, tutto quello che voleva mostrarmi ma..." balbettò, "Non doveva essere, ora spetta a uomini come te mostrarmi cose diverse. Quello che sto cercando di dire è che non so ancora cosa non mi piace o quali siano i miei limiti, conosco solo i modo, e l'ho amato abbastanza da fare qualsiasi cosa per lui. Questo," lei lo guardò, "Sarà diverso su così tanti livelli."

"Ah, cara ragazza," le prese il viso tra le mani e le baciò il naso, "mi hai già fatto piacere in più modi di quanto potresti immaginare solo con quella frase."

La tirò sulle ginocchia: "Ora, piccola, questo non è per punirti ma semplicemente per il mio divertimento." La sua mano si abbatté sul suo sedere e lei gridò. Lui era un uomo grosso sia in altezza che in muscoli, il suo culo si riscaldò velocemente e lei strillò e singhiozzò ansimando mentre le dita dell'altra mano la penetravano e le stuzzicavano il clitoride. In pochissimo tempo, stava implorando di venire.

"Non c'è bisogno di supplicare stasera, puoi venire tutte le volte che puoi," sorrise compiaciuto apprezzando il fatto che fosse una troia così sexy. Andrew aveva minimizzato quanto fosse brava quella ragazza, o forse non se ne era reso conto. In ogni caso, lei sarebbe stata sua per una settimana, e lui aveva tutte le intenzioni di trarne il massimo. Lei venne a lungo e con forza, ricoprendogli la mano e la coscia, a dimostrazione del suo piacere nell'essere sculacciata. La spinse dal grembo per farla cadere ai suoi piedi.

"Rimetti a posto il tuo casino, troia," ringhiò e lei immediatamente si mise in ginocchio e gli leccò la coscia quasi facendo le fusa per il piacere. Le sollevò la testa per i capelli e le infilò le dita appiccicose in bocca. "Che bambina affamata, scommetto che vorresti che questi fossero un cazzo, vero? Non preoccuparti, mi assicurerò che tu possa succhiare più cazzi di quanto avresti mai immaginato questa settimana," disse con un sorriso diffidente. Susan si godeva le ultime ondate del suo primo vero orgasmo dopo mesi e sapeva che questo era ciò di cui aveva bisogno. Sentiva il suo desiderio per lei, ed era abbastanza, abbastanza da farle desiderare di compiacerlo e di ascoltare le sue lodi.

*****

Susan si svegliò raggomitolata su un lettino nell'angolo del grande magazzino a pianta aperta. Poteva vedere Sire sdraiato su un divano di pelle lì vicino che picchiettava su un iPad, e si alzò con cautela allungando i muscoli inutilizzati che erano stati allenati la sera prima. Si guardò intorno nello spazio illuminato dal sole e si meravigliò di quanto fosse stato progettato bene. La notte precedente era stato quasi gettato nell'ombra, quindi non era stata veramente in grado di ammirare la vastità di una casa senza mura. Incerta se chiedere il permesso di muoversi , rimase seduta in silenzio aspettando di essere notata.

Alla fine, nel disperato tentativo di andare in bagno, parlò a bassa voce: "Buongiorno , Sire. Posso usare il bagno, per favore?"

"Bene, sei sveglio, vieni qui e succhiami prima il cazzo, stamattina è mancata l'attenzione della tua boccuccia succhiacazzi per più di un'ora," rispose Sire, "e queste foto che ti ho fatto ieri sera non hanno aiutato la mia pazienza mentre dormivi." Tenne l'iPad verso di lei in modo che potesse vedere i suoi occhi pieni di lacrime sopra le labbra ampiamente tese mentre gli succhiava il cazzo la sera prima.

Susan strisciò verso di lui, cercando di ricordare le poche regole che le aveva imposto la sera prima e si inginocchiò davanti a lui. Era rimasto nudo come lei dopo i loro sforzi della notte prima, e lei abbassò la testa senza ostacoli sul suo cazzo e lo baciò quasi con reverenza prima di far scorrere la lingua su e giù per tutta la sua lunghezza. Inginocchiandosi in una posizione migliore, avvolse una piccola mano attorno al suo cazzo e fece rotolare la lingua attorno alla testa.

"Niente mani," mormorò, e lei obbediente portò le mani dietro la schiena allargando la bocca per allungare le labbra sull'ampiezza del suo cazzo. La sua lingua svolazzò e rotolò mentre la sua bocca si adattava alle dimensioni, sentì le sue mani aggrovigliarsi tra i suoi capelli mentre cominciava a muovere lentamente la testa su e giù prendendone ancora di più in bocca.

Le sue mani si strinsero di più mentre la guidava al ritmo che gli piaceva, perché anche se il suo cazzo era largo non era eccessivamente lungo, e lei lo prese tutto senza soffocare completamente. I suoi conati di vomito e il suo gorgoglio sembravano spronarlo, e lui cominciò a spingere con i fianchi mentre spingeva la sua bocca verso il basso. Non durò a lungo e dopo solo qualche altro minuto arrivò rumorosamente, grugnendo mentre si spingeva dentro di lei a scatti. Lei gorgogliò e deglutì sollevando lentamente la testa mentre lui le liberava i capelli assicurandosi che non gli lasciasse sperma addosso.

"Oh sì, ne è valsa la pena, puoi andare in bagno adesso," Sire sorrise e fece strada mentre lei gli strisciava dietro. La fece sedere sul water verso lo schienale del sedile, lasciando una piccola quantità di spazio tra le sue gambe divaricate e la parte anteriore del sedile. Lui la fissò: "Beh, piscia se ne hai così tanto bisogno," ringhiò.

Susan chiuse gli occhi e ordinò che la vescica si rilassasse, aveva appena iniziato a fare pipì quando squittì di sorpresa, i suoi occhi si spalancarono per scoprire che anche Sire stava pisciando allo stesso tempo spruzzandole il suo flusso giallo su tutta la fica mentre lo faceva. Quando ebbe finito , le tenne il cazzo alla bocca: "Puliscimi il cazzo," le ordinò.

Incredula della richiesta e della propria volontà di obbedire, aprì lentamente le labbra e prese la testa ora spugnosa tra le labbra, succhiandola e sussultando per lo shock mentre lui le dava un ultimo spruzzo di pipì calda sulla lingua. "Ingoialo, la pipì è sterile, non ti farà male," ridacchiò vedendola oscillare tra obbedienza e repulsione, ma lei deglutì. "Brava ragazza," le accarezzò i capelli, "Adesso fai la doccia, puzzi come una prostituta da dieci dollari in una notte intensa," continuò a ridacchiare vedendo il suo profondo rossore di umiliazione.

"Sì, Sire", rispose automaticamente.

Allora la lasciò e lei si tuffò nella doccia strofinandosi il corpo e facendo gargarismi con l'acqua calda e fumante per liberarsi la bocca dal sapore dell'urina. Emerse dal bagno sentendosi fresca e rilassata, l'acqua calda aveva fatto miracoli sui suoi muscoli doloranti. La chiamò da una sezione dello spazio a circa metà strada e sorrise mentre lei si avvicinava.

"Siediti e mangia. Sei troppo magro come dicono tutti, e ho istruzioni precise di nutrirti bene," rise e si sedette anche lui. Aveva preparato pancake, uova e bacon e una montagna di toast. "Per fortuna faccio sempre un grande negozio quando torno a casa da un viaggio", ha riso.

Susan scoprì che, proprio come la cena della sera prima, aveva fame e mangiò allegramente. Non era sicura se fosse l' allenamento che le aveva dato la sera prima o semplicemente il nuovo senso di direzione che aveva nella sua vita, ma non lo fece dubitare e mangiò sapendo di essere osservata.

"C'è qualche motivo per cui questo incontro debba avvenire al club?" chiese il Signore.

"Credo che il signorino Andrew volesse solo che fossi lì per cambiarmi prima di entrare in azienda; è un incontro d'affari", rispose sinceramente.

"Okay, credo che dovrei lasciarti vestire per la riunione," ridacchiò, "Possiamo prendere alcune altre cose da te. Immagino che tu abbia un appartamento lì?"

"Sì, Sire," sorrise, presa dal suo umorismo.

"Continua a mangiare, chiamo Alan. Vediamo se possiamo cambiare leggermente il luogo," sorrise.

Susan continuò a mangiare, ma riuscì a sentire la conversazione ad alta voce mentre Sire si arrabbiava e lei si faceva piccola piccola. Tornò a guardarla accigliato e rimase per un attimo seduto pesantemente perso nei suoi pensieri. Ritornando all'improvviso dai suoi pensieri, la guardò: "Stronzi iperprotettivi, non è vero? Non c'è da stupirsi che tu avessi bisogno di scappare." Lui allungò la mano e le prese la mano in un atto di tenerezza e comprensione. "Sarò qui quando tornerai da questo tuo incontro di lavoro. Vai a vestirti adesso, piccola," la suggerì.

"Sì, Sire," disse piano, confusa da quello che era successo.

Ripulì i detriti dall'abbondante colazione, osservandola dal suo punto di osservazione abbastanza alto da poter vedere oltre qualsiasi mobile tra di loro. Era una bellissima giovane donna, sottomessa e obbediente nonostante la sua mancanza di addestramento. C'era però più di quanto non sembrasse in lei, e decise che aveva bisogno di scoprire tutti i dettagli della morte di Robert e del suo ruolo in essa. Dal modo in cui Alan e Andrew stavano reagendo alla sua richiesta, sembrava che non si fidassero del suo giudizio su ciò che voleva o di cui aveva bisogno nella sua vita, e lui sapeva esattamente chi avrebbe potuto dargli le risposte che voleva, se fosse riuscito a trovarla. .

Sire indossò la sua vecchia tuta di pelle usurata e la sua giacca, ne tirò fuori una più piccola che aveva per occasioni come questa e la offrì a Susan che sembrava sexy quanto la sera prima, ancora di più anche se ora conosceva le delizie di utilizzando il piccolo corpo delizioso . La giacca, anche se piccola, era ancora di diverse taglie troppo grande, ma lei arrotolò i polsini e se ne andarono per tornare al suo appartamento. Durante il viaggio, le chiese del suo lavoro in azienda e delle persone con cui lavorava. È stato felice di sapere che Cassandra era la sua assistente e ha chiesto se sarebbe stata alla riunione oggi. Sorrise tra sé mentre Susan spiegava esattamente dove avrebbe potuto trovare Cassandra.

Parcheggiò di nuovo fuori dalla porta principale. Sire la scortò fino al suo appartamento. Immediatamente e con un senso di urgenza frugò nel suo guardaroba gettando diversi abiti sul suo letto. "Li metterai insieme a tutte le cose personali che potresti voler avere per il resto della settimana. Tutto ciò di cui abbiamo bisogno lo porteremo lungo la strada, non tornerai qui finché non avremo finito con il tuo addestramento," la guardò mentre lei stava inclinando la testa e mordendosi il labbro pensierosa. Si avvicinò a lei e le sollevò il mento in modo che i loro occhi si incontrassero.

"Ti chiederanno ancora se questo addestramento è ciò che desideri," disse serio, "Sii molto sicuro prima di rispondere perché non ti tratterò come una fragile bambola di porcellana. Mi godrò ogni momento della tua sottomissione, a modo mio, no compromessi o trattamenti speciali, duri, ruvidi ed esigenti proprio come me." Vide un accenno di sorriso e capì che era quello che aveva bisogno di sentire. Ora doveva solo scoprire cosa diavolo era successo negli ultimi sei mesi.

Susan provò un senso di sollievo. Si era preoccupata del suo cambiamento di umore dopo la chiamata ad Alan e pensava che forse non avesse voluto addestrarla ulteriormente. Era ansiosa di essere nuovamente portata via per sopportare l'agonizzante emivita di pietà e perdita che aveva vissuto. C'erano somiglianze con Robert nell'uomo che sosteneva il suo sguardo, ma c'erano anche molte differenze e questo lo rendeva a suo modo emozionante. Era stato scelto perché Andrew si fidava di lui con la sua sottomissione, e stranamente, dopo tutto quello che Robert aveva fatto per conquistare la sua fiducia, per il momento l'approvazione di Andrew era sufficiente per Susan.

"Sì, Sire," rispose infine, "mi piacerebbe moltissimo restare con voi per un'altra settimana." Lui ridacchiò e si chinò per baciarla profondamente dandole una pacca sul sedere mentre lo faceva suscitando un squittio che lo fece ridere ancora di più.

"Bene, ora questo incontro," si voltò verso il suo guardaroba, "Avrai bisogno di qualcosa di sexy. Qualcosa che dica che sei una giovane donna d'affari sicura di sé, che sa quello che vuole." Cominciò a sollevare i suoi abiti e a scartarli uno per uno. "Finalmente", sussurrò.

Sollevò un abito corto stile tunica attillato in blu navy. Andò al cassetto della biancheria intima: "Per quanto mi addolori", le porse un paio di mutandine di pizzo trasparente e un paio di calze autoreggenti color carne alte fino alla coscia con polsini di pizzo elasticizzati sulla parte superiore. La osservò mentre si vestiva, passando le sue décolleté blu col tacco alto per abbinarle.

"Capelli raccolti e solo un accenno di trucco", ordinò e cominciò a riporre in una borsa le cose che aveva gettato sul letto. "Cose personali?" chiese Sire mentre chiudevano la cerniera della borsa, e lei andò in bagno per prendere lo spazzolino da denti ricordando il nuovo gusto di quella mattina. Ha anche messo in valigia alcuni dei suoi trucchi e degli elastici per capelli insieme a una fotografia. Una foto di famiglia felice di lei e dei suoi genitori scattata alla loro festa di anniversario. Robert non c'era, ma Susan si ricordò chi aveva in mano la macchina fotografica e sorrise mentre la guardava prima di dargli la valigia.

"Campanellino, eh? Ti sta bene," ridacchiò Sire. Prese la borsa e la giacca che lei aveva indossato prima per il giro in bicicletta. "Allora è meglio che ti porti da Andrew."

Scesero con l'ascensore fino al club e attraversarono l'atrio ignorando tutti i saluti mentre lui la guidava nello studio. Sire non ha perso tempo in convenevoli in quello che vedeva come un club pretenzioso.

"Non so a cosa stai giocando qui, Andrew. È la sua vita, la sua sottomissione, il suo dono e, per prendere in prestito le parole di nostro fratello Barry, se tieni troppo stretto il suo regno lei ti morderà e scapperà," si voltò e diede a Susan il suo telefono, "Il mio numero sarà lì quando tutto sarà finito, verrò a prenderti ogni volta che lo desideri, chiamami e dimmi dove."

"Se, per qualche ragione inspiegabile, non chiami stasera," rivolse uno sguardo d'acciaio ad Andrew, "riporterò la tua borsa qui nell'atrio domani." Camminò verso la porta voltandosi per un ultimo colpo d'addio: "Non farti mordere da lei, Andrew, perché non la riavrai mai indietro."

"Avresti dovuto dirglielo," disse Gregory dall'altra parte della stanza facendo sobbalzare Susan, "proprio come avresti dovuto dirlo alle parti interessate." Gregory sembrava arrabbiato e Susan si rese conto di aver preso parte a una discussione senza nemmeno saperlo. Rimase immobile cercando di capire cosa fosse appena successo.

Andrew andò da Susan e la fece salire in picchiata, notando la sua mente che lavorava sui problemi in questione, dal modo in cui si masticava così a fondo il labbro inferiore. Si sedette su una sedia ampia e comoda e la tenne in grembo prima di baciarle la fronte e sorridere.

"Non essere così preoccupato, piccolo, non è poi così male," disse piano Andrew. "Stavi benissimo, felice anche quando sei entrato. Hai passato una serata divertente?"

"Sì, signorino Andrew," Susan sorrise.

"Bene," Andrew si rilassò visibilmente vedendola sorridere, e Gregory si avvicinò e si sedette lì vicino. "Devo portarti all'incontro con Alan; è troppo occupato per lasciare l'ufficio in questo momento, quindi andremo lì presto, ma prima," disse, " Barry ha convocato una riunione delle parti interessate per stasera e non credo sarà piacevole. Non sei obbligato a partecipare se non vuoi."

"Riguarda me?" Susan aveva ricominciato a mordersi il labbro mentre considerava le sue parole.

"Sì," Andrew fu sorpreso dalla sua domanda, "Barry afferma di avere la garanzia preventiva che gli sarebbe stato permesso di addestrarti e che, tramite Robert, tu avevi concordato e accettato l'accordo. In quanto tuo tutore, il desiderio della parte interessata di supplicarmi ripristinare l'accordo originario."

"Capisco," Susan annuì, "Potresti portarmi a vedere il Maestro James, per favore, prima dell'incontro con Alan, sono sicura che non gli dispiacerà se arrivo un po' in ritardo," chiese speranzosa.

"Potrei, ma prima vorrei sapere perché," Andrew si accigliò, questa non era la risposta che si aspettava.

"Per favore, Padrone Andrew, è molto importante per me, e puoi stare con me tutto il tempo. Ho un'idea ma non sono sicuro che funzionerà, e devo pensarci bene e parlare con Padron James prima di dire ditelo ad alta voce," spiegò senza spiegare.

In verità, c'era ben poco che Susan potesse chiedergli che lui non gli facesse, e non riusciva a vedere alcun danno nella sua semplice richiesta. "Gregory, puoi chiamare Alan e vedere se possiamo posticipare la riunione di un'ora? Digli che è 'importante,'" sottolineò la parola e sorrise. Fece un cenno verso il telefono in mano a Susan: "Puoi chiamare James perché non ho idea del motivo per cui vuoi vederlo."

Susan rise e chiamò il numero sul suo telefono. Aveva tutti i numeri degli amici più cari di Robert nel caso ne avesse mai avuto bisogno. James è stato felicissimo di sentirla e ha accolto con favore la visita improvvisata. Gregory ha confermato che Alan era felice di posticipare l'incontro in quanto avrebbe potuto trovare tempo per Susan ogni volta che fosse arrivata questo pomeriggio.

Nel giro di mezz'ora, Susan era seduta nello studio di James con Andrew dopo i lunghi saluti e i sospiri di Sara, che affermava di non essere mai ammessa nello studio di suo padre. Alla fine aveva messo il broncio ed era andata a guardare i cartoni animati così potevano parlare di cose da grandi anche se Susan era solo poco come lei.

"Vieni piccola. Dì allo zio James come può aiutarti," l'anziano le diede una pacca sul grembo invitandola a sedersi. James aveva un modo di farla sentire come una bambina piccola e obbedientemente lei si sedette sulle sue ginocchia e lasciò che lui la coccolasse vicino e in modo rassicurante.

"Verrai alla riunione delle parti interessate, zio James?" chiese Susan dolcemente.

"Certamente, piccolo," Barry fu irremovibile al riguardo.

" Bene , il punto è questo," Susan si mise a sedere e cercò di essere più adulta di quanto la sua presenza le avesse mai permesso di essere. "Conosco il programma di allenamento che il mio Maestro ha messo in atto meglio di chiunque altro. Mi ha sempre detto quello che voleva e mi ha dato delle scelte, e penso che alcune persone dimentichino che fa parte di quello che sono." James annuì ma rimase in silenzio finché lei non riuscì a capire cosa voleva dire.

"Il fatto è che," si accigliò cercando di esprimere a parole quello che voleva dire. "È come se tu fossi il primo della lista che il Maestro ha fatto in base all'accordo che aveva con i suoi amici e..." fece una pausa mordendosi il labbro, "se fossi venuta da te come sono adesso, e tu avessi accettato che qualcuno mi avevi fatto da mentore e dovevo addestrarmi al posto tuo a causa del tuo stretto legame con il Maestro..."

"Allora potresti passare una settimana con Billy," concluse James per lei, ridacchiando con genuina allegria. "Robert si vantava sempre di quanto fossi intelligente e premuroso! È geniale!" Le sue risatine gli fecero rotolare la pancia e spintonarono Susan, che non poté fare a meno di ridacchiare con lui.

"Forse potresti incoraggiare anche gli altri maestri a usare un secondo, qualcuno di cui hanno avuto mentore e di cui si fidano, in modo che Susan abbia quel grado di separazione da Robert," suggerì infine Andrew, che era rimasto in silenzio.

"Eccellente!" James si entusiasmò: "Potrei fare un bel discorso sincero a suo nome. La domanda è: Billy la rivuole?"

"Ha portato con sé la mia borsa che ha preparato lui stesso e mi ha detto di chiamarlo non appena fossi stata pronta," Susan sorrise.

"Brava ragazza," James si stava divertendo immensamente. La pensione e la vita tranquilla con Sara, che era davvero una brava ragazzina, non lo entusiasmavano più come un tempo. " Ma porterai lo zio Billy a giocare con Sara in un pomeriggio a sua scelta, così io e te potremo chiacchierare ancora un po.'" Susan annuì mordendosi il labbro e chiedendosi come avrebbe potuto dire a Sire che aveva bisogno di partecipare ad un tea party con Sara quando James avesse parlato di nuovo. "Non preoccuparti, piccolo, glielo dirò se vuoi. Penso che gli farebbe piacere quello che hai detto questo pomeriggio." Scoppiò in una risata sonora. "Non credo che ne abbiamo visti di simili da quando Kitty ci ha lasciato, eh, Dick?"

Andrew annuì ma non espresse i suoi sentimenti, erano ancora troppo crudi. Kitty era morta dieci anni prima, ma solo di recente l'aveva salutata veramente insieme al suo più caro amico e socio in affari, Robert.

"Mi dispiace zio James , ma ho un'altra riunione a cui andare. Sono sicura che se lo spieghi a Sire, umm Billy, allora mi porterà presto a giocare," sorrise. "Però ci vediamo stasera e mi aiuterai, con gli altri Maestri?"

"Certo, caro bambino. In effetti non vedo l'ora," James stava ridacchiando di nuovo.

"Anch'io," Andrew non poté fare a meno di unirsi all'atmosfera gioviale.

Susan baciò la guancia di James e si alzò tornando al fianco di Andrew mentre lui a sua volta si alzava e le prendeva la mano. "Di' a Sara che chiederò ai suoi zii di mandarle una sorpresa per essere stata una brava ragazza," Susan sorrise e si avviarono verso la porta ed uscirono silenziosamente.

Susan viaggiava silenziosamente in macchina accanto ad Andrew mentre si facevano strada tra la compagnia persi nei suoi pensieri. "Sembrava che tutti ti sottovalutassimo, piccolo," disse finalmente Andrew rompendo il silenzio. "Come facevi a sapere che James aveva così tanto peso nello stile di vita?"

"Non l'ho fatto davvero. Era una specie di scommessa, ma il Maestro gli mostrava sempre deferenza, era sempre il primo," Susan scacciò con la mano l'ipotesi che lei avesse qualche modo interiore di saperlo.

"Ci sono state tre volte, che io sappia, in cui qualcuno ha contrastato James. In due di questi casi gli uomini sono finiti in bancarotta e soli, con la loro reputazione a brandelli," sorrise Andrew. "Anche se non te ne rendi conto, quello che hai appena fatto è stato un colpo da maestro. Spero che ti sia piaciuta la notte con Sire, perché ce ne saranno altre in arrivo adesso."

"Posso conviverci," sorrise.

Allora Andrew rise con lei e la guardò attentamente. L'aveva vista esclusivamente come la schiava di Robert, mentre era vivo, qualcuno da comandare e con cui giocare. Alla sua morte, l'aveva vista come una bambina da proteggere, viziare e accudire. Ora, mentre emergeva dalla nuvola oscura che l'aveva sommersa dopo la sua morte , si rese conto di quanto fosse capace di gestire la propria vita ma allo stesso tempo disposta a piegarsi alle regole e alla volontà delle persone che contavano per lei nel club. , la compagnia e lo stile di vita che condividevano come aveva imparato a fare con Robert.

Susan fu sorpresa dal caloroso saluto che ricevette dagli addetti alla reception al piano terra, si chiese se fossero sempre stati così amichevoli o se fosse solo perché era con Andrew. Salirono in silenzio con l'ascensore fino all'ufficio di Alan e attraversarono l'atrio e il corridoio fino alla suite, salutando i colleghi mentre se ne andavano.

Anne si era alzata e aveva salutato velocemente Andrew, poi aveva abbracciato Susan: "Oh, mio Dio, è così bello vederti e sei fantastica!" Entrò con loro nell'ufficio di Alan. Susan aveva molto da desiderare da questo incontro, e calmò le farfalle nello stomaco mentre guardava il suo amico e tutore Alan , il cui volto quasi si spaccò a metà dal suo sorriso nel vederla. La abbracciò forte e la baciò sonoramente.

" Allora stai tranquillo e hai una proposta per me," Alan la rimise in piedi.

"Non tanto una proposta, ma qualcosa che mi piacerebbe fare," disse Susan speranzosa, assumendo una voce sicura anche se le sue viscere sembravano gelatina. Si preparò a dare il suo ultimatum, ma sperava che non sembrasse tale. Alla fine fece un respiro profondo e disse ad Alan esattamente quello che aveva detto ad Andrew solo ventiquattr'ore prima. "Possiamo parlare da amici, per favore, amici che si vogliono bene?" Andrew si sedette e guardò chiedendosi se il suo volto fosse pieno di dispiacere e confusione, quando lei gli disse le stesse parole di Alan adesso.

"Naturalmente," disse Alan magnanimamente, riprendendo velocemente la compostezza.

Susan ha sorvolato sul tempo trascorso nella "baracca" di Andrew e sulla sua incoscienza nel cercare avventure di una notte solo per provare di nuovo qualcosa. Spiegò che le avventure di una notte erano una perdita di tempo e che Cassandra aveva detto che era una lezione che doveva imparare. Quella vaniglia non le dava più alcun vero piacere.

Prendendosi il suo tempo , spiegò poi la visita di Barry e Cinthia e la loro proposta sulla formazione che Robert aveva messo in atto. Alla fine, parlò dei suoi sentimenti su come avrebbe potuto funzionare ora e se lui avesse aiutato James alla riunione di stasera, sarebbe stata felice. Tra tutte le informazioni che gli aveva fornito, aveva parlato di come si era sentita come una lebbrosa, intoccabile e fragile, come un giocattolo rotto su uno scaffale alto a cui la gente allunga la mano ma poi si ricorda che è rotto e se ne va.

"C'è dell'altro," Susan fece un respiro. "Il lato lavorativo della mia vita, ed è per questo che sono qui", ha detto tranquillamente.

"Continua sicuramente allora," Alan si entusiasmò e si appoggiò allo schienale della sedia godendosi semplicemente l'ascolto di lei parlare con una direzione chiara. Susan ha delineato la sua idea per una nuova attività che potrebbe possedere e gestire sotto l'insegna dell'azienda e la sua idea di viaggiare per ispezionare aziende e produttori che la pensano allo stesso modo.

"Questo era tutto di Robert, non veramente mio e mentre sono grato per la mia posizione qui nella sua azienda, se mai dovessi trovare un po' di pace dagli incubi e dal senso di colpa che mi tormentano, non posso essere qui o in quell'ufficio. Io Vorrei viaggiare e vedere come operano queste aziende e i produttori che le riforniscono, come costruiscono relazioni, per così dire," Susan finalmente si fermò per respirare e guardò Alan.

" Quindi , per ricapitolare, da quello che ho capito," Alan la guardò seriamente, "Vuoi che sostenga James e qualunque cosa dica sulla tua formazione durante l'incontro delle parti interessate stasera," attese mentre lei annuiva arrossendo dolcemente, "e vuoi che io per approvare il tuo girovagare per il paese ispezionando le piccole imprese durante questo corso di formazione." Ancora una volta Susan annuì.

"Come socio principale in questa faccenda, a parte te e Vince, anche se la cosa è ancora da decidere, devo chiederti," Alan la guardò fissamente, "Che cosa ci guadagniamo?"

Andrew fu sorpreso dalla domanda. Non aveva nemmeno preso in considerazione l'idea di dire no a Susan, ma piuttosto l'idea logistica di tenerla al sicuro durante il viaggio. Osservò Susan raddrizzare la schiena e fare un respiro profondo.

"Non posso tornare qui a tempo pieno ed essere felice," disse tristemente Susan. "Ho parlato con il mio avvocato, e l'idea è valida, e potrei farlo da solo se ne avessi bisogno e sopravvivere con i dividendi delle mie azioni nella società. Preferirei di gran lunga farlo con la tua guida." Ha fatto appello al suo ego: "Robert mi ha detto mentre eravamo in Italia che potevi gestire questa azienda, bene come lui, se non meglio mentre era via, ecco perché poteva semplicemente alzarsi e partire per una quantità così grande di tempo; aveva te e Andrew a badare a tutto... me compreso." Pronunciò le ultime due parole senza pensarci, ma sapeva che era vero.

"Tale adulazione è inferiore a te Susan, anche se il mio ego ha apprezzato le carezze. Qui si tratta di affari, di che tipo di affari stiamo parlando?" Alan si sporse in avanti sulla sedia, pronto a torchiarla e a fare buchi nei suoi piani aziendali, se ne avesse avuto uno.

Andrew si sedette osservando lo scambio, questo era il motivo per cui aveva lasciato la gestione dell'azienda ad Alan solo per prendere le grandi decisioni. Piccolo o grande, Alan si dilettava nelle macchinazioni del mondo degli affari e riusciva a individuare possibili insidie prima degli altri.

"Mi interessa la gioielleria, un piccolo negozio all'inizio ma che poi si espanderà fino al franchising. Anche se venderebbe il solito genere di cose che si trovano in una gioielleria, mi piacerebbe che fosse più una boutique specializzata anche in vetro soffiato a mano come abbigliamento fetish come i collari che fa il Maestro Andrew. Sono bellissimi e da quello che posso dire un mercato in gran parte non sfruttato a parte quello che è disponibile online," Susan fece una pausa per riprendere fiato. In verità, credendosi una sorta di giovane vedova, aveva fatto ricerche online su tipi di attività simili negli ultimi due mesi.

"Capisco," mormorò Alan, "hai un piano con te?"

"Se potessi accedere a un computer da qualche parte, potrei stampartelo," sorrise Susan notando con soddisfazione la sorpresa sul volto di Alan. Era entrata di proposito senza niente in mano. Dentro di sé Susan sorrise ma mantenne la faccia seria, si era inviata via email il piano nel caso in cui si fosse mai presentata un'occasione del genere.

"Certo, Anne ti permetterà di usare il suo," ridacchiò Alan rendendosi conto di aver sottovalutato la giovane donna. Robert l'aveva talmente messa in ombra che non aveva mai dato molto credito alla laurea in economia che aveva e al motivo per cui era venuta a lavorare per lui. Osservò Susan lasciare l'ufficio chiudendosi la porta alle spalle.

"Interessante," mormorò Alan ad Andrew, "credo di aver sottovalutato quella ragazza."

"Tu ed io," ridacchiò Andrew, "Ieri ho capito che 'possiamo parlare come amici che si prendono cura l'uno dell'altro', con più peso sulle cose personali e sulla formazione. Penso che, nonostante il numero di volte in cui Robert ci ha parlato la sua intelligenza e la sua forza la maggior parte di noi ha totalmente sottovalutato quella ragazzina."

"Lo vedo," Alan annuì ammettendo che provava la stessa cosa.

"Mi è stato dato un consiglio da Wildman oggi," Andrew cominciò a ridere rendendosi conto di quanto fosse vero dopo il discorso di Susan con Alan riguardo al fatto di agire da sola se lui non l'avesse sostenuta, anche se lei lo aveva detto con tatto. alla stessa cosa.

"Posso immaginarlo," Alan rise forte.

"Sorprendentemente ha citato Barry tra tutti e penso che sarà necessario stasera se si presenta l'occasione. Dopo la conversazione che hai appena avuto con Susan , penso che potrebbe essere appropriato usare le sue stesse parole su di lui." Andrew fece una pausa e Alan lo guardò con un sopracciglio alzato.

"Poteva vedere che stava trovando la sua strada alle sue condizioni, ed era spaventata, come un Brumby che viene portato nei cortili, nelle parole di Barry, 'se tieni le redini troppo strette ti morderà e scapperà', e se lo fa non so se riusciremo mai a riaverla indietro," Andrew si strofinò la mascella. "Con le avventure di una notte e tutto il resto, mi preoccupo..."

lo vedo, ma non approverò un pessimo piano aziendale," anche Alan sembrava pensieroso. "Se c'è bisogno di lavorare, come fanno tutti all'inizio, possiamo farlo insieme, al club se lei non vuole essere qui," si corresse rimettendosi alle sue parole e alle fondate preoccupazioni di Andrew.

Susan rientrò sgranocchiando un amaretto e porse ad Alan i fogli stampati del suo piano. "Per favore, dammi la tua onesta opinione," disse piano Susan lasciando andare il documento.

Osservando Alan che cominciava a sfogliare il documento, si rivolse ad Andrew e parlò a bassa voce: "Pensi che potremmo cenare presto prima dell'incontro di stasera, per favore, signorino Andrew?" Alzò lo sguardo e vide Anne chiudere la porta dell'ufficio dopo averla sentita parlare, ancora una volta Anne le aveva suggerito con forza di fare qualcosa ed era rimasta lì per assicurarsi che lo facesse. "Sto morendo di fame ultimamente."

"Naturalmente," disse Andrew accigliandosi rendendosi conto che avevano saltato del tutto il pranzo.

"C'è un ottimo ristorantino asiatico sulla strada per il club se vuoi mangiare in un posto diverso. Avrei portato Anne lungo la strada se vuoi unirti a noi, ma non dirlo a Barry, può essere un po' prepotente riguardo al fatto che mangiamo altrove," Alan sorrise.

Andrew alzò le spalle e Susan annuì con un sorriso. Sembrava che qualcuno la stesse finalmente ascoltando. Robert le aveva sempre detto di non aver paura di chiederle quello che voleva, poi avrebbe scelto se fosse opportuno oppure no. Forse era stato il modo calmo e ben ponderato con cui si era avvicinata ai due uomini a cui aveva affidato il suo futuro, piuttosto che inveire contro di loro sul voler scappare ed essere lasciata sola, cosa che ora si rendeva conto che non era mai stata un'opzione aperta per lei. Sia Andrew che Alan hanno preso sul serio le proprie responsabilità ed era il loro modo di onorare Robert.

"Grazie ad entrambi per aver ascoltato seriamente le mie richieste e per aver dedicato del tempo a pensarci. Non deve essere stato facile essere qui di recente, e mi dispiace per questo," Susan li guardò entrambi "Sono una ragazza fortunata avere entrambi che vi prendete cura di me e che vi prendete cura del mio benessere e vi amo per questo. Robert, come sempre, sapeva di cosa avevo bisogno prima di me." Si morse il labbro mentre si soffermava sul suo controllo sulla sua vita, i suoi occhi diventavano vitrei per le lacrime non versate. "Mi rendo conto del mio cambiamento di atteggiamento nei confronti del lavoro e beh, sembra tutto piuttosto improvviso, ma ci ho pensato molto ultimamente, e voglio davvero fare tutto questo."

"Non ho ancora considerato questo piano e non ti permetterò di fare un cattivo investimento solo perché me lo chiedi gentilmente," disse Alan con fermezza.

"Oh, lo so," Susan sorrise sbilenco, "È per questo che Robert si è fidato di te per consigliarmi e aiutarmi. È per questo che si è fidato di Andrew per assicurarsi che non sarei stata travolta da un Maestro che non meritava la mia sottomissione. Finalmente lo capisco." Lei fece una risata imbarazzata: "Vorrei solo... non lo so... avere una scelta su cosa mi riserva il futuro, e ricominciare a vivere, sai?" "Non ho mai avuto il coraggio di parlarti di ciò che volevo veramente fare." Li guardò entrambi : "Immagino che la visita di Cinthia e l'invito di Barry siano stati il catalizzatore, aggiungo la mia confessione da ubriaca a Gregory su quello che stavo facendo nella baracca e tutto si è riunito in una volta così che alla fine ho dovuto parlare su."

Alan guardò di nuovo il piano che aveva tra le mani. Gli era piaciuto il suo discorsetto. Dimostrava la lungimiranza di una decisione che lui riteneva avventata e presa frettolosamente. "Chiedi ad Anne di mostrarti un paio di uffici in cui potremmo trasferirti e di scegliere i tuoi schemi di colori e cose del genere, mentre Andrew e io parliamo di questo tuo piano e di cosa vuoi che io sostenga James alla riunione di stasera," Alan era molto professionale piuttosto che il rilassato e goffo che Susan sapeva fosse in quel personaggio da uomo d'azienda.

"Sì, padron Alan," Susan sorrise leggermente. Non voleva sfidare la fortuna facendo ulteriori domande su quando Andrew gli aveva detto del suo desiderio di cambiare ufficio o perché aveva accettato così in fretta, invece annuì e lasciò silenziosamente la stanza lasciando che gli uomini parlassero.

Anne era entusiasta di avere Susan tutta per sé per il momento e chiacchierava allegramente mentre camminavano lungo il corridoio per dare un'occhiata agli uffici. Avvicinandosi al primo lo riconobbe e si rivolse ad Anne con gli occhi spalancati: "Non voglio cacciare nessuno dal proprio ufficio!"

"Oh, dolcezza," Anne sorrise, "Non lo stai facendo. Si stanno offrendo volontari. In effetti, scommetto che cercano di convincerti a prendere il loro ufficio."

"Perché dovrebbero farlo?" Susan era ancora una volta confusa.

"Ognuno di questi uomini è un dirigente di alto livello che ha fatto bene a evitare che il proprio portafoglio crollasse dopo la notizia di... beh, lo sai. Qualunque sia l'ufficio che sceglierai, potrà trasferirsi nell'ufficio di Alan, e lui si trasferirà nella suite che hai scelto." saranno vacanti. È vantaggioso per tutti, se ci pensi." Anna ha spiegato.

"Perché Alan non ha semplicemente fatto scambio con me?" Susan era divertita dalla spiegazione di Anne.

"Perché ultimamente sei una mocciosa viziata, e lui voleva che tu scegliessi da sola in modo da non poter cambiare idea nel giro di qualche mese," Anne alzò le spalle e soffocò un sorriso per l'espressione di orrore sul volto di Susan nei suoi confronti. parole taglienti.

"Sono stata davvero terribile con tutti voi, non è vero?" riconobbe Susan. "Era solo..."

"Capiamo, tesoro. Comunque è bello vedere un barlume della Susan che conoscevamo ritornare. Forse ti ricorderai chi sono veramente i tuoi amici adesso," Anne era aspra ma non poteva trattenersi, era ferita dal fatto che Susan avesse è ricomparsa negli ultimi due giorni senza nemmeno una telefonata per avvisarla e magari fissare un appuntamento per vederla.

Susan non sapeva come scusarsi per le cose meschine e dolorose che aveva detto a tutti i suoi amici che volevano solo aiutarla nel suo dolore. Invece, non ha detto nulla di grato per la loro comprensione e perdono. Aveva evitato di rivederli sapendo che le scuse erano necessarie, ma sembrava che fosse troppo tardi per Anne, a giudicare dal modo in cui ora parlava con Susan.

Come previsto, ciascuno dei dirigenti si è entusiasmato per Susan e ha venduto i punti migliori dei propri uffici, ma è stato uno degli assistenti ad aiutarla a prendere una sorta di decisione. Il dirigente stesso era abbastanza tipico dei tipi di maschio alfa presenti in questa azienda. Rhys Muldoon era alto, bello e muscoloso, e parlava con sicurezza nel salutare le due donne, accogliendole nel suo ufficio in assenza del suo assistente.

Dopo aver fatto un rapido giro dell'ufficio ben arredato, si erano preparati a lasciare quando un giovane vestito in modo impeccabile entrò di corsa. "Anne! È troppo tardi?" ha offerto loro il caffè e alcuni piccoli pasticcini invitando tutti a sedersi sulle comode sedie e godersi lo spuntino. "Tesoro, se conosco Alan e Andrew , ti hanno tenuto a bada tutto il giorno, come te la cavi, ragazza?" Strinse la mano di Susan prima di offrirle il piatto di prelibatezze.

Anne scoppiò a ridere mentre il giovane lasciava a malapena che loro dicessero una parola mentre continuava a fare domande su domande a Susan. Rhys interruppe il flusso con un brusco rimprovero. "Forse se prendessi un respiro di tanto in tanto risponderebbero alle tue domande," disse con un sussurro basso e pericoloso. Opportunamente rimproverato, il giovane si appoggiò allo schienale della sedia e guardò con impazienza le ragazze.

"No, non è troppo tardi e Susan sta andando alla grande, non è vero, tesoro?" Anne gli rispose.

"È meraviglioso, grazie," Susan indicò i pasticcini perfetti, "sto morendo di fame, non poteva arrivare in un momento migliore."

"Mi scusi, signorina Biancotti, ho del lavoro urgente," disse Rhys alzandosi dalla comoda sedia.

"Oh, mi dispiace tanto," Susan si alzò immediatamente come per andarsene.

"Per favore, resta, Patrick farà il broncio, se non gli permetti di mostrarti i dettagli che ha aggiunto lui stesso all'ufficio e di raccogliere tutti i pettegolezzi da entrambi." L'uomo rise dello sguardo sconvolto che Patrick gli rivolse e continuò: "Prenditi il tuo tempo; sono sicuro che non c'è fretta, se conosco Andrew e Alan discuteranno su qualche piccolo dettaglio di qualunque cosa stiano parlando." L'uomo annuì e lasciò la stanza.

"Ed è per questo che lo amo," disse Patrick rivolgendosi di nuovo alle donne. "Beh, dato che dopotutto non sei scappata con un principe del Medio Oriente, ho bisogno di tutti i pettegolezzi," sorrise a Susan.

"Stai scherzando?" Anne esclamò, non lasciando che Susan parlasse da sola, "È tornata qui chiedendo un nuovo ufficio, probabilmente un nuovo assistente personale e sta facendo audizioni per nuovi maestri come se potesse scegliere chi vuole. Questa ragazzina è cresciuta come un set di palle mentre era via." Gettò indietro la testa ridendo mentre prendeva in giro Susan. La verità era che si sentiva tradita dal fatto che Susan non le avesse condiviso nessuno dei suoi piani. Robert l'aveva messa nella posizione di confidente della sua schiava, e Anne si era considerata l'amica più intima di Susan in questo mondo. Susan avrebbe dovuto chiedere il suo consiglio o almeno parlarle dei suoi piani, ma invece aveva ovviamente parlato con altri.

"Oh mio Dio, non è affatto così!" Susan sussultò: "Sembro così cattiva? Volevo solo ricominciare la formazione che Robert aveva pianificato per me e tornare al lavoro in modo da non ricordarmi costantemente di lui e del senso di colpa che sento per avermi salvata mentre sia lui che Tony..."

"Morto," concluse Patrick lanciando ad Anne uno sguardo duro. "Cavolo Anne, è stato un po' stronzo anche per te."

"Oh tesoro, rilassati, era uno scherzo," Anne mise un braccio intorno alle spalle di Susan. "Devi essere più duro di così, la gente dirà molto peggio, proprio come hanno fatto quando hai preso il collare di Robert, ricordi? Abbiamo parlato di tutto allora."

Susan annuì e sorrise di sbieco, semplicemente non si aspettava di sentire cose del genere dalle labbra di Anne, dopo tutto erano amiche. Si mordicchiò il labbro pensierosa e prese un'altra piccola pasta.

"È anche una di quelle ragazze che possono mangiare qualsiasi cosa e non ingrassare mai, puoi crederci?" Anne aggiunse con un sorrisetto facendo fermare Susan dalla masticazione. Anne stava ridendo, ma Susan poteva dire che c'era rabbia sotto la superficie delle sue osservazioni taglienti, e si chiedeva perché.

"Sai cosa dicono, Anne, se non puoi dire niente di carino allora chiudi quella cazzo di bocca. Vieni Susan, lascia che ti mostri questo posto per bene," disse Patrick prendendole leggermente il braccio e guidandola per la grande stanza. "Non ho proprio molta voglia di lasciare il nostro piccolo nido d'amore," Patrick le fece l'occhiolino facendola sorridere, "Beh, non per un ufficio delle stesse dimensioni con una vista solo leggermente migliore, mi ci sono voluti anni per trovarlo proprio qui. Se invece ci offrissi la tua suite," sorrise lasciandola aperta, "Quali altri uffici hai guardato?"

Susan elencò i nomi degli altri dirigenti che aveva visitato e Anne aggiunse il nome dell'ultimo che dovevano ancora vedere proprio dietro di loro.

" Quindi hai fatto tutto questo da solo?" chiese Susan indicando l'arredamento che rendeva il grande ufficio accogliente e caldo.

"Certo, proprio come Anne ha ristrutturato il favoloso spazio di Alan. La maggior parte degli assistenti che conoscono bene il loro Maestro tendono a farsi carico di questo lato delle cose," Patrick stava ovviamente godendo delle lodi inespresse che provenivano da Susan.

"Grazie mille per avermi mostrato tutti i tuoi meravigliosi segreti qui, mi piacciono particolarmente i pannelli nascosti nelle pareti, è così caldo e accogliente," Susan si entusiasmò, "Ma penso che il mio tempo sia scaduto molto tempo fa e abbiamo ancora ce n'è ancora uno da vedere, quindi dovremmo andare."

"Robert ti ha messo in difficoltà rendendoti socio minore qui. Anne ha ragione, la gente parlerà e dirà cose cattive, continua a fare quello che stai facendo. Tutto funzionerà e la gente si abituerà , alla fine," le sorrise sinceramente.

Uscirono nella piccola reception dell'ufficio, dove la scrivania di Patrick si apriva sull'ampio corridoio . Il trio sussultò sorpreso quando Rhys, che aveva lasciato la stanza prima, si alzò dalla sedia alla scrivania di Patrick e guardò accigliato i tre. Senza alcun preambolo parlò loro con fermezza: "Patrick accompagna la signorina Biancotti nel prossimo ufficio sulla sua lista e poi la riporta da Andrew e Alan, credo che vorrei scambiare due parole con la deliziosa Anne."

"Sì, Maestro," disse Patrick e guidò Susan fuori dalla scena che era sicuro si stesse preparando. Susan sembrava preoccupata e si morse il labbro, ma Patrick era il suo solito chiacchierone, rassicurandola: "Quella ragazza è così popolare. Sai che era una dominatrice prima di venire a lavorare qui. Tutti rispettano ancora la sua opinione; ha una mente davvero buona." per affari, anche se la sua è andata in fallimento qualche tempo fa, e aveva bisogno di Robert e Andrew per salvarla, per così dire. Beh , questa è una vecchia notizia, eccoci qui," disse sorridendo e facendo una pausa nelle sue continue chiacchiere.

Susan entrò in un ufficio che conteneva quello che poteva essere descritto solo come un arredamento spartano. Sembrava che non ci fosse alcuna decorazione e l'arredamento consisteva in una grande scrivania dai bordi duri e diverse sedie dall'aspetto scomodo.

" Beh , è una tela bianca," disse allegramente Patrick, "non credo che al proprietario piaccia il disordine, vero?" Susan scosse la testa con una risata sommessa.

Tornarono lentamente all'ufficio di Alan chiacchierando di cose generali all'interno dell'azienda; Susan decise che Patrick le piaceva davvero. Non ha ignorato la morte di Robert e la sua successiva scomparsa, ma non ha nemmeno insistito su questo argomento. Era abbastanza forte da dire quello che sentiva senza sembrare scortese, ed era davvero una buona compagnia.

Entrarono in un ufficio pieno di tensione e Susan non era sicura di cosa stesse succedendo, quindi rimase in silenzio guardando il gruppo di persone.

"Bene, sembra tutto giusto e me ne occuperò più dettagliatamente domani," disse finalmente Alan nel silenzio. "Grazie per averlo portato alla mia attenzione, sono stato un po' distratto ultimamente", ha ammesso. "Andiamo a mangiare e possiamo parlare dei risultati durante una lunga cena prima dell'incontro delle parti interessate. Hai portato la macchina o la bicicletta?" chiese ad Andrew.

Susan guardò Anne durante lo scambio. Sembrava sottomessa e non ricambiava lo sguardo mentre gli uomini facevano progetti per la serata e Rhys lasciava la stanza con Patrick che le dava amichevoli addii e auguri per i suoi piani. Mentre uscivano per andare al ristorante suggerito da Alan, Susan notò che Anne non era con loro e si accigliò guardandosi alle spalle mentre Anne si sedeva alla sua scrivania mentre aspettavano l'ascensore.

"Anne ha alcune cose importanti di cui occuparsi," spiegò Alan vedendo la sua espressione e lo sguardo che rivolse ad Anne. Susan annuì ma ancora una volta il suo labbro rimase intrappolato tra i denti. Entrarono nell'ascensore e scesero in silenzio.

Mentre Alan andava a fare il check-in alla reception, Susan si rivolse ad Andrew e disse a bassa voce: "Mi dispiace se mi sono comportato come un moccioso viziato tornando e chiedendo a tutti di cambiare i loro programmi intorno a me."

"Non hai preteso nulla. Sei venuto da me con una proposta e mi hai chiesto se si poteva fare. Poi sei sceso a compromessi su tutto, quando ne abbiamo discusso. Le persone esigenti non chiedono e discutono e un moccioso viziato avrebbe timbrato il suo piede e non compromesso," Rhys aveva raccontato loro quello che aveva detto Anne, e Andrew sapeva quanto le parole taglienti della sua amica avrebbero avuto un impatto sulla fragile spavalderia che Susan aveva messo in campo per tornare nel mondo in cui sia lui che Alan erano stati preoccupata di abbandonare dopo l'omicidio del suo Maestro.

"Devi dirci di cosa hai bisogno adesso," continuò dolcemente avvicinandola a sé. "Quello che hai passato è stato a dir poco traumatico e credo che tu sia molto coraggioso di fronte al giudizio degli altri. Non puoi accettare ogni commento sprezzante, a volte ci sono altri motivi per cui le persone dicono le cose che dicono". Dire."

"Non mi sento molto coraggiosa, in questo momento," sussurrò Susan.

"Anne era un po' turbata dal fatto che non l'hai chiamata per dirle cosa stavi progettando e non hai lasciato che ti desse il suo consiglio, come faceva una volta," ha ammesso Andrew. "Come tutti noi, lei era addolorata per Robert insieme a te e non sapeva cosa dire o fare.

Speravamo tutti che saresti venuto da noi quando fossi stato pronto. Alan e io, come tuoi tutori, siamo in una posizione unica in cui devi venire da noi se vuoi continuare a far parte del mondo che Robert ti ha dato, ma Anne sperava che la cercassi comunque in amicizia. Non avrebbe dovuto dire quello che ha detto e sarà punita se non parteciperà stasera ma cerca di capire che le manca solo la tua intima amicizia."

"Sono una persona davvero orribile," quasi gridò Susan. "Continuo ad essere così crudele con le persone a cui tengo e questa volta ero così concentrata su ciò di cui avevo bisogno..." la sua voce si spense.

"Diventerà più facile, e non c'è niente che non possa essere riparato in tempo," la rassicurò Andrew, ma lasciò che fosse lei ad assumersi la colpa e il senso di colpa per le sue azioni.

"Immagino che ci siano parecchie persone che meritano scuse e spiegazioni da parte mia dopo gli ultimi sei mesi," ammise Susan. Pensò a come lo avrebbe fatto mentre si dirigevano verso la macchina e si dirigevano al ristorante.

Durante il pasto, Alan le ha espresso il suo punto di vista sul suo piano aziendale. Era grezzo e aveva dei buchi, ma pensava che i difetti potessero essere risolti e migliorati per renderlo una proposta valida. Ha suggerito un ciclo di due settimane di attività e formazione in modo che ogni mese si potessero fare progressi sia sul piano personale che su quello aziendale. Le prime due settimane della parte commerciale le avrebbe trascorse con se stesso o con un altro dirigente dell'azienda per elaborare i nodi della sua proposta. Ciò significherebbe che prima o poi avrebbe bisogno di un ufficio e di un assistente personale presso l'azienda.

"Posso trattenere Cassandra, per favore?" chiese Susan un po' confusa.

"Naturalmente," disse magnanima Alan, "Ma Cassandra ha superato da tempo l'età della pensione e dovresti davvero considerare anche altre opzioni. Potrebbe non voler tornare o restare solo per un breve periodo."

"Ho anche un'idea riguardo agli uffici," Susan si mordicchiò il labbro, "Probabilmente sembrerà che io sia monella ed esigente, però."

"Dopo stasera, quando i tuoi piani personali e quelli aziendali saranno stati delineati e concordati, dubito che ci sarà un'altra opportunità per te di essere monello o esigente, quindi lasciamo perdere," rise Alan.

"Beh..." esitò e fece un respiro profondo prima di dire quello che pensava. "Andrew ha ammesso che lascia a te la gestione dell'azienda ed è lì solo per le decisioni davvero importanti." Andrew alzò un sopracciglio ma annuì. "Non sarebbe meglio se Alan e chiunque gestisse le cose in sua assenza, se mai ce ne fosse uno, avessero le suite per intrattenere i clienti e cose del genere. Voglio dire, voi due potreste scambiarvi gli uffici, chiunque sia la persona che è meglio farsi avanti?" quando necessario, potranno avere il mio ufficio e io prenderò il loro."

"Ha senso," concordò Andrew riconoscendo che era lì a malapena per utilizzare la suite di stanze che occupava.

"Penso che potrebbe essere troppo presto per cambiare la struttura rispetto a quella che Robert aveva in atto. Ci sono stati diversi uomini che si sono rivelati preziosi negli ultimi sei mesi e sono parte del motivo per cui la società sta ancora ottenendo grandi profitti per tutti noi. " Alan si tirò indietro.

"Ha ragione però," disse seriamente Andrew. "Robert non avrebbe mai lasciato l'attività esclusivamente nelle mie mani. È sempre stato lui a guidare l'azienda e visti gli eventi recenti come sono, noi, cioè te, dovremmo probabilmente guardare chi potrebbe governare la nave se fosse successo qualcosa di spiacevole." Alan annuì ma sembrava ansioso per la discussione.

"Ti è piaciuta la serata con Wildman?" chiese Alan cambiando rapidamente la conversazione, avendo bisogno di tempo per riflettere su ciò che Susan e Andrew avevano detto chiedendosi se essere il nuovo CEO di un'azienda così grande e redditizia lo rendesse un bersaglio.

" Sì , grazie," Susan arrossì profondamente prima di aggiungere, "Molto."

"Bene, allora stasera sarà un gioco da ragazzi. James dirà a tutti cosa fare, e noi lo sosterremo. Dovrebbe finire in fretta," Alan sorrise a Susan. "Quella che hai fatto è stata una manovra molto intelligente, piccola." Lei ricambiò il suo sorriso, ancora arrossita, e parlarono dell'addestramento e dei vari Maestri che Robert si era avvicinato per aggiungerlo al suo addestramento. Alla fine, Alan guardò l'orologio e dichiarò che dovevano andarsene.

Arrivando al club Susan temeva che dovesse cambiare, ma Alan e Andrew la portarono direttamente alla riunione. Quando entrò nella grande tana, si guardò intorno notando le persone che conosceva. Sorrise a tutti e andò a inginocchiarsi goffamente nel suo vestito tra Alan e Andrew. I gemelli erano arrivati con le loro bambine; James non aveva portato Sara; Anche Bill era solo e sedeva in conversazione con Josie e la sua ragazza Gian. Barry e Cinthia erano leggermente in disparte, con Barry e Gregory vicini. Sembrava che tutti fossero arrivati presto, e Susan sentì le farfalle nello stomaco rivoltarsi mentre sopportava gli sguardi che tutti le lanciavano.

"Bene, siamo tutti qui. Barry , hai convocato questa riunione, quindi andiamo avanti," disse seriamente Andrew.

"Dovremmo prima sbarazzarci della carne dello schiavo", affermò John Goodman guardandosi intorno.

"Manda il tuo se vuoi, ma il resto può restare per quanto li riguarda," disse all'improvviso Barry. Dichiarò che Robert si era avvicinato ad almeno cinque dei Maestri presenti per assistere nell'addestramento della sua ragazza, Susan. Riteneva ancora opportuno che lei ricevesse la formazione che aveva programmato per lei per aiutarla a fare scelte sicure, sane e consensuali all'interno del proprio stile di vita. Continuò, ricordando ai dominanti le ragazze che tutti conoscevano che si erano trovate in una posizione simile, essendo state parzialmente addestrate e facendo abbinamenti poco favorevoli con Maestri che erano nuovi allo stile di vita. Ha parlato di aver fatto recentemente un'offerta a Susan e del suo successivo ritorno, e della scelta di Andrew di deviare dal piano originale di Robert. Riteneva giusto che Susan frequentasse per prima il suo ranch per intraprendere la formazione che lui le aveva offerto. Alla fine si sedette e aprì le braccia come per invitare gli altri a parlare.

"Mi sembra," disse James lentamente e deliberatamente, "che se intendi sostenere il piano di Robert di addestrare questa ragazzina come motivo per interrompere ciò che è accaduto nelle ultime ventiquattr'ore, ti sbagli completamente sul fatto che Susan verrà prima al tuo ranch." Guardò tutti i dominanti nella stanza attirando la loro attenzione.

"Vedi," prese il diario di lavoro di Susan dalla scrivania davanti a lui, "Nel vero programma scritto di mano da Robert, era la mia Sara la prima, seguita da Shaky, Samantha e poi Cinthia e Anne. Ce n'è una nome della ragazza scritto su ciascuno dei cinque giorni della settimana lavorativa." James rimise il diario aperto sul tavolo affinché gli altri potessero vederlo.

"Questo libro era qui nello studio. Andrew, ovviamente, aveva cercato informazioni sulla formazione che Robert aveva organizzato. Dopo aver visto questo, mi ha contattato in merito alla richiesta di Susan di riprendere la sua formazione dopo la tua visita senza preavviso a Susan nel suo studio. ritirarsi," disse James facendo sembrare subdole le motivazioni di Barry. Ci fu un mormorio tra gli altri Maestri che lui lasciò continuare per un minuto prima di alzare la mano. "Sono un vecchio e Sara è più che sufficiente da gestire per me, quindi ho chiesto a un uomo di cui avevo fatto da mentore e al quale avrei affidato la vita di Sara di addestrare la piccola Susan al mio posto."

"Non vedo alcun problema in questo; Andrew è il suo tutore, insieme ad Alan," Bill alzò le spalle esprimendo la sua opinione. "In realtà non dovrebbe avere nulla a che fare con gli stakeholder, lei non è di proprietà del club né ne influenza la gestione. Sicuramente è meglio lasciare la questione nelle mani dei suoi tutori". Bill non aveva ancora fatto i conti con quello che era successo in Italia. Credeva che la perdita dei suoi amici e il trauma che Susan aveva subito avrebbero potuto essere evitati se solo fosse stato più veloce nel mettere insieme i pezzi dell'identità di Lucifero. Il senso di colpa lo tormentava e trovava difficile trovarsi nella stessa stanza con Susan e discutere del suo futuro senza Robert.

"Esattamente il mio pensiero," concordò James. "Credo che questo incontro affrettato non abbia fatto altro che angosciare una bambina che stava coraggiosamente cercando di rimettere insieme i pezzi della sua vita distrutta." Guardò Barry in modo significativo.

"Non era affatto mia intenzione," disse Barry con una certa rabbia nella voce. "Non c'era nulla di subdolo nel mio invito a questo incontro semplicemente per acquisire una chiara conoscenza delle azioni e delle intenzioni di Andrew. Voglio solo che Susan sia al sicuro e felice."

"È quello che tutti noi vogliamo," concordò James, "Altrimenti nessuno di noi sarebbe venuto a vedere di cosa si tratta. Dato che siamo tutti qui, però, vorrei proporre a quei Maestri una nuova idea che Robert ha fatto. avvicinarsi e dare a coloro a cui non ha avuto l'opportunità di offrire la propria guida a Susan attraverso Andrew." Ancora una volta fece una pausa per mormorare e annuire. "Suggerirei che, se qualcuno di voi è ancora disposto a offrire formazione al bambino, consideri la possibilità di scegliere un uomo di cui si fida e che preferibilmente abbia fatto da mentore a se stesso. Potrebbero intraprendere quella formazione, con la vostra stretta supervisione, se lo desiderate, ma nessuno... tuttavia qualcuno che potrebbe diventare il suo Maestro in futuro dovrebbe formare un forte legame durante l'addestramento."

"D'accordo," disse sorprendentemente John Goodman. "Di che periodo stiamo parlando? Penso che l'allenamento per una ragazza che viene da me richiederebbe più tempo rispetto alla maggior parte degli altri, poiché è una pratica impegnativa che include stili di danza e di movimento."

"Ha anche bisogno di un ritorno all'azienda di cui ora è un socio minore, quindi scaglioneremo la formazione tra gli impegni di lavoro", ha aggiunto Alan nella conversazione. "Stavamo considerando intervalli di due settimane . Se questo non è abbastanza tempo, possiamo negoziare con te, John." John annuì e si sedette per osservare la ragazzina che aveva creato tutto questo polverone chiedendosi se fosse abbastanza forte per essere trattata come una schiava di Gor.

"Ci sono", disse Steve, "Chiamami solo per fissare l'orario e vedrò se il mio uomo può essere disponibile.

"Potresti aggiungermi alla lista di quelli che preferisci," Josie agitò una mano, "Robert non me l'ha chiesto, ma potrebbe anche avere l'esperienza di un allenamento a tutto tondo." Andrew annuì, e gli occhi di Susan si spalancarono un po' mentre Gian le sorrideva timidamente.

"Vieni qui, piccola," disse piano James a Susan. Si aprì instabilmente e si alzò in piedi permettendogli di prenderla in grembo. "Hai sentito quello che abbiamo detto tutti, ma come sempre hai una scelta. Conosco Robert abbastanza bene da sapere che ti ha sempre dato la scelta nelle grandi decisioni della vita. La tua capacità di scegliere questa vita o meno è la tua più grande risorsa", ha sorriso. a lei. "Quindi ecco la tua occasione per essere ascoltato, qui sei al sicuro e noi ti ascolteremo."

"Posso alzarmi, per favore, padron James?" disse Susan tranquillamente. James sorrise e la aiutò ad alzarsi.

" Innanzitutto vorrei ringraziarvi tutti per essere venuti stasera, molti di voi mi conoscono a malapena eppure avete tutti ascoltato e concordato con quanto è stato detto. Ho agito male nel mio dolore, escludendo i miei amici e gli amici dei miei Maestro, e me ne scuso sinceramente," guardò esplicitamente Cinthia prima di rivolgere lo sguardo alle altre ragazze che sorrisero in modo incoraggiante.

"In verità, non avevo preso in considerazione l'idea di riprendere l'addestramento che il mio Maestro aveva messo in atto finché il

Maestro Barry e Cinthia non vennero a trovarmi, ma l'idea mi attraeva molto, ed è per questo che sono tornato e ho parlato con il Maestro Andrew. Lo farò rispetto felicemente ciò che è stato deciso per me e non mi aspettavo che le cose venissero messe in atto così rapidamente. Sono un po' sopraffatto e vorrei ringraziare ciascuno di voi per la vostra offerta di continuare la mia formazione. Rispetto e ho fiducia sia nel Maestro Andrew che in Maestro Alan e spero che, con il loro aiuto, io possa rendere il mio Maestro, Robert, orgoglioso del modo in cui ho scelto di continuare a vivere nel modo in cui voleva, anche quando se ne sarà andato ." La sua voce si spezzò e tirò indietro le spalle, desiderando di non piangere.

"Capisco che tutti voi abbiate vite impegnate e che adattarsi all'allenamento di una ragazza che non è la vostra può essere difficile e se doveste cambiare i vostri programmi o quelli degli altri per me, farò del mio meglio per dimostrare che sono degno di Mi piacerebbe moltissimo tornare da William Wilder stasera, e permettere a te, i Maestri che rispetto così tanto, e alla Padrona," Susan inclinò la testa verso Josie, "di mettere in atto ciò che accadrà dopo."

"Quindi la rimanderò a Wildman stasera, Barry?" chiese James.

"Quello che hai detto, e quello che ha detto Susan stessa, mi hanno spinto a ritirare la mia precedente dichiarazione. Tuttavia, controllerò la sua situazione ogni settimana per garantire la sua sicurezza e felicità," ha detto seriamente.

"Forse un arbitro imparziale sarebbe la cosa migliore," suggerì James, "Forse Gregory, che si prende così bene cura delle ragazze qui, potrebbe fare rapporto per te su base settimanale. Adesso ha un secondo qui al club, credo, e potrebbe divertirsi." assumendo nuovi compiti."

"È già un uomo impegnato..." Barry iniziò a cercare di aggrapparsi al filo che lo avrebbe collegato a Susan finché lei non fosse venuta da lui per l'addestramento.

"Sarebbe un interessante cambio di ritmo", tagliò corto Gregory. C'era stata tensione tra Andrew e Barry dopo la morte di Robert e lui poteva vedere questo fatto come un altro punto di contesa quando in verità accoglieva con favore l'opportunità di garantire la sicurezza di Susan come aveva fatto in silenzio negli ultimi sei mesi.

" Beh , se è finita, devo andare," Bill rimase incapace di sopportare più a lungo la tristezza della voce della ragazzina. Ci fu un mormorio di assenso e con un cenno del braccio uscì dalla stanza. Su suo suggerimento, molti degli altri soggetti interessati se ne andarono dopo di lui, percependo la tensione tra Andrew e Barry che sarebbe stata affrontata meglio senza la loro presenza. Nel giro di quindici minuti, furono Barry, James, Andrew e Alan a restare con Gregory che incombeva vicino a Susan.

"Accorterò Susan e Cinthia fino al suo appartamento così potrà cambiarsi, se c'è altro da dire su questo argomento," propose Gregory, rendendosi conto intuitivamente che James era probabilmente l'uomo più adatto per intervenire nella tensione tra Andrew e Barry riguardo la situazione di Susan. benessere prima che diventasse un problema più grande.

Mentre Gregory chiudeva la porta, sentì James dire: "Se avessi potuto mettere da parte il tuo ego abbastanza a lungo da chiamare Andrew e chiedertelo, avresti potuto evitare tutto questo e mettere quella ragazzina sotto pressione ancora maggiore".

Le ragazze rimasero in silenzio mentre salivano con l'ascensore e Gregory fece entrare Susan nel suo appartamento. Si sedette su una comoda sedia mentre entravano nella stanza di Susan.

"Cinthia, mi dispiace, dovevo dirlo ad Andrew, è la cosa più vicina al Maestro che ho in questo momento. Dovevo dirglielo, ultimamente non ho preso le decisioni migliori da sola," iniziò Susan.

"Avresti comunque potuto parlare con me, Anne, con qualsiasi ragazza..." disse Cinthia con voce ferita e ferita.

"E poi cosa? Scappare e basta al ranch? Sono venuti Andrew o Gregory a trascinarmi indietro per spiegarmi?" disse Susan frustrata. "Non so come sia per te o per le altre ragazze, ma ho così tante persone che guardano ogni piccola cosa che faccio. Se scoreggio troppo spesso finisco di corsa dal dottore!" Si sedette sul bordo del letto con la testa tra le mani. "Sembra che qualunque cosa io faccia, è la cosa sbagliata e lo è dalla morte di Robert. Forse avrei dovuto semplicemente restare nascosta invece di tornare, ma ormai è troppo tardi, quindi devo trarne il meglio."

Cinthia si sedette accanto a lei sul letto e le mise un braccio intorno alle spalle. "Sei sempre stata quella piccola e apparentemente innocente, Anne e io vogliamo solo aiutarti, prenderci cura di te, a modo nostro. Non ci parli di quello che ti sta succedendo da..." Cinthia sospirò. "Mi ha chiamato, prima che tu arrivassi, in lacrime. Ha detto alcune cose cattive, ma devi sapere che in realtà non pensava a niente. Siamo tuoi amici, vogliamo solo aiutarti, e tu sembri essere chiudendoci fuori."

"Mi dispiace ma fino a ieri sera non ero nemmeno sicura di volerlo," cercò di spiegare Susan. "Non so chi sono senza Robert, ma è stato bello avere un Maestro che non sentiva il bisogno di trattarmi come un giocattolo rotto o come se potessi andare in frantumi da un momento all'altro. È stato bello non dover pensare , obbedisci e basta. E' quello di cui ho bisogno in questo momento, ed è l'unica cosa di cui sono sicuro. Non voglio più parlare di quello che è successo in Italia. Non voglio parlare di come mi sento o di quello che "Sto bene per ora. Non voglio aiutare tutti gli altri ad affrontare il loro dolore rivivendo quei dettagli. Ho gli incubi, sobbalzo ai rumori forti, non voglio parlare con tutte quelle persone laggiù di Robert e di come Sento che devo andare avanti o impazzire."

Cinthia annuì, non si era resa conto di quanto le buone intenzioni di volere Susan accanto per potersi occupare di lei e parlarle avrebbero avuto un effetto negativo. Si alzò ed entrò nell'armadio frugando tra i vestiti mentre pensava alle parole di Susan. "Beh , se sei determinato ad andare, è meglio che indossi qualcosa di adatto," disse con la sua voce profonda e ricca.

"Sarà sulla sua bicicletta, quindi gli stivali sarebbero comodi," disse Susan tranquillamente accigliandosi per il cambiamento di umore.

"Se ricordo bene, è un fan del look da studentessa troia," Cinthia tirò fuori una gonna a pieghe scozzese e una camicetta bianca trasparente. Susan fece una mezza risata triste e annuì, prendendo i vestiti dalle mani di Cinthia.

Un'ora dopo, Wildman entrò nel soggiorno del club, prese Susan nella stiva di un pompiere e grugnì ad Andrew: "La restituirò domenica sera". Poi se ne andò senza salutare nessuna delle altre persone nella stanza. Lasciandola sul retro della sua bicicletta, le diede una giacca e un casco prima di salire, e la bici prese vita ruggendo sotto di loro.

Arrivarono al suo magazzino e entrarono nel garage. Prima che la porta scorrevole si chiudesse, Susan si ritrovò spogliata dell'elmetto e della giacca e ancora una volta infagottata su un'ampia spalla nella stiva di un vigile del fuoco mentre lui scendeva le scale due alla volta. Attraversando a grandi passi il vasto magazzino, alla fine si fermò nell'angolo più buio della stanza poco illuminata. La fece sedere sul lettino su cui aveva dormito la notte prima e iniziò ad accendere candele nella piccola area. A Susan sembrava che si fosse preso del tempo per prepararsi al suo ritorno.

"È tardi," le ringhiò infine, "Mi hai fatto aspettare troppo a lungo per la tua chiamata."

"Mi dispiace molto, Sire," disse Susan contrita, sapendo benissimo che non avrebbe potuto contattarlo prima di quanto aveva fatto.

"Lo sarai," disse con un sorrisetto. "Alzati", ordinò. Susan si alzò e lui le passò una mano sulla gamba per palparle la fica. "Avevo una regola riguardo a questi," la sua voce si abbassò e le sue dita si arricciarono attorno al tessuto fragile strappandole con forza dal corpo facendola inciampare verso di lui. La afferrò tra le mani, sollevandola e appendendola allo schienale della poltrona di pelle; scoprì di dover appoggiare le mani sui cuscini poiché lo schienale alto la lasciava penzolare precariamente. Sentì più che vedere il fischio della cintura attraverso i passanti mentre lui se la toglieva, e si tese aspettando il primo colpo.

Susan sentì la sua mano piuttosto che la cintura contro il suo sedere mentre lui le accarezzava le guance arrotondate e sollevava la gonna che lei indossava ancora alta. I tocchi morbidi e teneri la confondevano, non era quello che si aspettava da lui dopo la notte scorsa e quella mattina. Si aspettava di essere trattata come un giocattolo sessuale e usata con forza, non accarezzata e trattata con cura.

"Sei arrivato in ritardo e indossavi biancheria intima, ti rendi conto che non posso lasciare che una violazione così intenzionale delle regole rimanga impunita," canticchiò Sire con voce dolce mentre la sua mano si muoveva dolcemente sulla sua pelle. Vedendola rilassarsi sotto il suo tocco gentile, sollevò la cintura che aveva raddoppiato nell'altra mano e la abbassò contro il suo sedere due volte muovendosi a forma di otto e segnando ciascuna guancia del sedere perfettamente arrotondato. Soddisfatto dei suoi strilli, la colpì di nuovo prima di chiedere: "Ricordi la tua parola di sicurezza?"

"Sì, Sire," piagnucolò, "Fruitloops, Sire."

"E vuoi usarlo?" il suo braccio oscillò di nuovo descrivendo un arco a forma di otto colorandole ulteriormente il sedere.

"No, Sire," gridò Susan.

Lasciando cadere la cintura , la prese in braccio e la spostò in piedi davanti alla sedia mentre si sedeva e procedette ad ammanettarla e metterla al collare. La sua mano scivolò sulla sua gamba e giocò con la fica mentre le ammanettava le caviglie. "Fottuta, piccola troia dolorante," gemette mentre le sue dita premevano dentro di lei e pompavano dentro e fuori dall'umidità gocciolante, facendola ansimare nel suo bisogno. "Ti piace, vero, ragazza cattiva, che ansima come una cagna in calore," ritirò le dita e le infilò profondamente nella sua bocca facendola vomitare mentre guardava il colore del suo viso rigato di lacrime.

"Spogliati," le ordinò togliendole le dita dalla bocca. Si meravigliò ancora una volta della piccola ragazza dalle forme perfette, i suoi seni alti e sodi ma ancora arrotondati nonostante le piccole dimensioni, i suoi fianchi angolosi ma immaginava che con un po' di peso, si sarebbero curvati magnificamente verso il culo a forma di cuore che portava i segni della sua punizione. Sentì il suo cazzo indurirsi per l'apprezzamento. Notò il piccolo tatuaggio dalle linee sottili che la contrassegnava come posseduta da qualcuno che aveva voluto tenerla per sempre come sua proprietà, ma per il momento lo ignorò, sapendo che aveva valore per la ragazza che lo portava.

Sire tirò Susan in avanti e avvolse le labbra attorno a un capezzolo sentendo il germoglio duro rotolare sotto la sua lingua prima di morderlo e tirarlo indietro stirando la carne del suo seno. Susan ansimò e si morse il labbro, soffocando un grido mentre lui lo lasciava andare solo per sentire una pinza di alligatore morderle il capezzolo ma mentre la sua bocca lavorava sul secondo capezzolo lei piagnucolò mentre i suoi denti mordevano la carne allungandola dal suo corpo. Lei gridò e tremò mentre veniva attaccata la seconda fascetta.

"Piangolino," la prese in giro, "Non siamo ancora arrivati alla parte divertente," ridacchiò sollevando un terzo morsetto su una lunga catena attaccata a quella sul suo seno. Susan si succhiò il labbro tra i denti e sbatté le palpebre dalle lacrime dagli occhi vitrei sentendo la sua mano libera iniziare ad accarezzarle la fica, le sue dita che trovarono rapidamente e arrotolarono il suo clitoride. Era un disastro quando, dopo quella che le sembrò un'età, avvertì i segni rivelatori dell'orgasmo imminente, sentì il morsetto sul piccolo nocciolo che era il centro intero del suo essere in quel momento. Lei gridò, il suo corpo tremava per il bisogno e il dolore. La luce bianca e calda di un dolore squisito le bruciò il cervello, e le mani di lui la sollevarono mentre le sue gambe cominciavano a rifiutarsi di sostenere il suo peso.

Costringendola a mettersi a cavalcioni dei braccioli della sedia su cui sedeva, le appoggiò la schiena guidandola a giacere quasi a testa in giù lungo le sue gambe tese. Forzando tre dita una alla volta nel suo buchetto stretto, la scopò, allargandola e ascoltando i suoi singhiozzi isterici di piacere e dolore. "Vieni , piccola stronzetta," le ruggì e lei si inarcò urlando per l'orgasmo che le distrusse il corpo facendola sobbalzare e spasmare mentre fluttuava in un livello che non sentiva da così tanto tempo.

A malapena consapevole di tutto tranne che dei fiumi di farfalle elettriche che svolazzavano su e giù per il suo corpo sciogliendo i suoi processi mentali, scoprì mentre tornava lentamente alla realtà che ora giaceva a pancia in giù sulle sue gambe, e aveva le sue dita lubrificate nella pancia. buco del culo stretto che lo allarga con un'azione a forbice.

Ansimando pesantemente, i suoi occhi sbatterono le palpebre, e gemette e piagnucolò per il continuo uso del suo corpo dopo un orgasmo così strabiliante . Vedendola cominciare a girare intorno, Sire la sollevò in posizione seduta in bilico sopra il suo cazzo ormai duro come la roccia , le gambe di lei ancora a cavalcioni dei braccioli della sedia mantenendola sospesa sul posto. Lui le avvolse un braccio attorno alla vita e la costrinse ad abbassare il sedere ora disteso sul suo cazzo mentre lo teneva puntato verso il buco che aveva preparato. Gemendo rumorosamente quando la testa entrò nel portale e il piccolo foro lo afferrò saldamente, si rallegrò della sensazione di lei e dei suoni della sua sottomissione ai suoi desideri oscuri.

Mettendole entrambe le mani sui fianchi, la costrinse pesantemente sul suo cazzo, seppellendosi dentro di lei e ringhiando profondamente per il piacere. Affondando le dita nei suoi fianchi, cominciò a muoverla su e giù per il suo cazzo, ringhiando nel suo orecchio e giocando con la catena che ancora collegava i suoi capezzoli al clitoride. Sentendo il proprio orgasmo avvicinarsi troppo velocemente, la costrinse a scendere forte sul suo cazzo facendola gridare ancora una volta e tirandola indietro contro il suo corpo. Avvicinandosi a lei, slacciò con attenzione la pinza sul suo clitoride sentendola tremare e urlare di dolore. Il suo corpo si inarcò con forza premendolo più forte sul suo cazzo.

Sire iniziò a sculacciarle la fica senza troppa forza ma abbastanza da trattenere il dolore che sentiva fluire nel suo corpicino mentre i muscoli lavoravano attorno al suo cazzo. "Cum, mostrami che puttanella sei veramente," gemette nel suo orecchio e continuò a schiaffeggiarle la fica. Le pinze sul suo capezzolo rimbalzavano ad ogni schiaffo e al suo movimento sul cazzo e Susan ululava nell'ampio spazio, il cervello che si piegava alla sua volontà con il dolore e il piacere che le dava.

Era più di quanto Sire potesse sopportare, e la prese facilmente in braccio e la spinse a terra ai suoi piedi mentre lei tremava nell'orgasmo. Prendendo una manciata dei suoi capelli, le diede il suo cazzo e cominciò a scoparle il viso, con la bocca spalancata e senza fiato, con gli occhi che quasi roteavano nella sua testa mentre le lacrime le scorrevano lungo le guance. Lui le tolse le pinze dai capezzoli soffocando le sue urla con il suo cazzo mentre l'orgasmo continuava a scuoterla, e arrivò a spruzzarle il suo carico pesante sulla lingua e sul viso.

Lasciandole andare i capelli, la lasciò finalmente cadere a terra e guardò la ragazzina. L'aveva spinta forte chiedendole una parola di sicurezza . In verità, non poteva credere che non l'avesse fatto, ma Cassandra lo aveva avvertito che avrebbe accettato qualunque cosa le fosse stato dato, confidando che il dominante conoscesse i suoi limiti, anche se le era sconosciuto. La sua innocenza e ingenuità nello stile di vita erano qualcosa che Robert aveva apprezzato, e aveva rafforzato la sua resistenza per il dolore che le aveva inflitto e glielo aveva fatto desiderare. Tuttavia, com'era adesso, era pericolosa, aveva bisogno di rendersi conto dei propri limiti di resistenza.

Lo preoccupava molto il fatto che lei non avesse alcun senso di autoconservazione, vedendo il suo piccolo corpo ancora leggermente contrarsi anche nel suo stato parzialmente comatoso; capì quale doveva essere la priorità e perché era stato scelto come primo allenatore al suo ritorno al loro stile di vita. Prendendola in braccio, la portò nel suo grande letto e, raccogliendo una bacinella e un panno, la pulì con cura e delicatezza. Scivolando nel letto con lei, la tenne stretta e ricordò ciò che Cassandra gli aveva detto sulla morte di Robert. Era morto proteggendola, e lei era rimasta intrappolata sotto il suo corpo, ricoperta del suo sangue finché l'autista dell'auto non era riuscito a liberarla, poi l'uomo aveva guidato anche se stava morendo per le sue stesse ferite per ottenere portarla in salvo.

Aveva bisogno di formazione in tanti modi, ma soprattutto aveva bisogno di guarigione. Tenendola tra le braccia, fissò il soffitto cercando di capire come avrebbe potuto insegnarle che l'autoconservazione era molto più desiderabile dell'obbedienza e della fiducia cieca in un dominante.

FINE